こーちくんの
チューはボクのもの！
My Suger Darling♥
Illustration / RYU SUGAHARA

セシル文庫

うちの旦那さん

—お隣の旦那さん２—

桑原伶依

イラストレーション／すがはら竜

うちの旦那さん◆目次

うちの旦那さん

プロローグ　～一九九九年十二月～

みーくんを連れて午後の散歩に出た帰り、ポストを覗《のぞ》くと、俺宛《あて》の手紙が届いていた。

「あっ、詩織《しおり》姉ちゃんからだ！」

俺と詩織姉ちゃんは二人っきりの姉弟《きょうだい》だ。八歳《やっつ》も歳《とし》が離れているけど、姉弟仲はとても良い。

優しい詩織姉ちゃんは、何くれとなく俺の面倒《めんどう》を見てくれていたんだ。俺の母——松村《まつむら》美也子《みやこ》は自宅で美容院を営《いとな》んでいて、毎日戦場のように店と家とを駆《か》けずり回っていたからね。

高校卒業後、美容専門学校に通っていた姉ちゃんは、やがて美容師となって、実家の美容院で働き始めた。

そして二十二歳で他家に嫁《とつ》ぎ、半年ほどで妊娠。今や二歳八カ月になる双生児《ふたご》の母だ。

旦那さんは高校時代のクラスメイトで、天野《あまの》大空《おおぞら》という名のおっとりした人。比較的裕《ゆう》福《ふく》な家庭の三男坊《さんなんぼう》で、姉ちゃんとの結婚が決まった時、松村家から徒歩十分もかからない新築の分譲《ぶんじょう》マンションを親から買い与えられた。そこで舅姑《ジジババ》抜きの気侭《きまま》な生活を楽しんでいる。

　といっても、姉ちゃんは相変わらず、現在も美容師として松村の家に通っているんだけどね。

　ほんの二カ月ちょっと前——明彦さんが俺の実家を訪れ、『お宅の息子さんを、僕にください』なんて言い出した時も、姉ちゃん一家はちょうどその場に居合《いあ》わせていた。

　明彦さんっていうのは、みーくんのお父さん。この秋二十八歳になった一級建築士で、俺より十歳も年上だったりする。

　なんの接点もなさそうな俺たちがこんな関係になったのは、俺が大学入学を機に一人暮らしを始めたアパートの隣に彼が住んでいたから。

　明彦さんの奥さんは、生後半年の一人息子を残して家出してしまった。困り果てていた彼の力になりたくて、俺は得意の家事と育児をサポートしてあげたんだ。

　三人で家族のように暮らしているうち、俺はどんどん彼に惹かれていった。

　もう二度と辛《つら》い恋などしたくなかったのに——。

　故郷を離れて一人暮らしを始めたのは、逆玉《ぎゃくたま》に乗って婚約した元カレと別れるためだったのに。

　よりによって、妻子ある男性を好きになってしまうなんて——それじゃ前より泥沼じゃないか。

やがて、家出していた奥さんが帰ってきて、俺は居場所を失《な》くしてしまった。もう彼の傍にはいられない。そう思って実家に逃げ帰り、二度と彼には会わないつもりで大学もやめたのに。まさか彼が奥さんと離婚して、俺を迎えに来てくれるなんて、思ってもみなかったよ。

息子を嫁に望まれるというあり得ない事態に、両親はブチキレるわ、泣き叫ぶわの大騒ぎ。

でも、何があっても動じない姉御肌《あねごはだ》の姉ちゃんが、パニくる両親を軽く往《い》なして、その場を見事に収《おさ》めてくれたんだ。

『功《こう》ちゃんは、あなたがいなければ、きっと奥さんのいる人の愛人になっていたもの。男でも本妻にしてくれるって言うんだから、いいお話だわ。これは「うん」と言うしかないわよ！』

姉ちゃんは何もかも知っていた。

俺が幼馴染《おさななじ》みの正孝《まさたか》と、友達以上の関係にあったことも。

正孝が俺を裏切って婚約したことも。婚約してなお、俺と別れるつもりがないことも。

俺が正孝から逃げるために、大学を口実《こうじつ》に実家を出たことも。

何もかも、気づいていたんだ。
そして、俺を信じて、黙って見守っていてくれた。
自暴自棄《じぼうじき》になっていた時、俺は姉ちゃんに、どんなに心配をかけたか知れない。
『今の功ちゃんなら、「幸せになれなくていい」なんて、絶対に言わないわよね。この人と一緒なら、いつも最高の笑顔でいられるんでしょう?』
今までどんな気持ちで姉ちゃんが俺を見ていたか、考えると胸がつまって、ただ頷《うなず》くこ
としかできなかった。
『幸せになりなさい、功ちゃん。欲しいものがあったら、これからもちゃんと手を伸ばし
なさい。あなた、いつでも手に入るものしか欲しがらなかったでしょう? 言うべき時に
「欲しい」って言わなかったら、なんにも手に入らないんだよ』
姉ちゃんがくれた餞《はなむけ》の言葉、俺は一生忘れない。
懐かしい詩織姉ちゃんの顔を思い浮かべながら、俺はいそいそと手紙を開封した。
封筒の中には、手紙と一緒に往復はがきが入っていた。
「なに、これ……。同窓会案内?」
来年は終《つい》にミレニアムの世紀末。ちょうど節目の年だから、小学校六年生時代の同窓会
を開くことになったと書いてある。

「そっか……。俺の住所、詩織姉ちゃんしか知らないもんな。実家に届いてたのを、わざわざ転送してくれたんだ……」

俺は納得して、ようやく姉ちゃんからの手紙を開いた。

親愛なる功ちゃん

冬将軍の訪《おとず》れを感じる時期がやってきましたが、お変わりなくお過ごしでしょうか？

手紙と写真、送ってくれてありがとう。

幸せそうで何よりです。

父さんも母さんも、功ちゃんが家を出てから、とても淋《さび》しそうにしています。

ちょうど一月四日に同窓会もあるみたいだし、こっちに帰ってきませんか？

よかったら、旦那さんと子供を連れて泊まりにいらっしゃいよ。うちは狭《せま》いけど、親子三人くらいならなんとか泊まれるわ。

今さら実家には帰れないと思ってるでしょうけど。帰る、帰らないはともかく、正月くらい、両親に挨拶《あいさつ》しに行くべきじゃないかしら。

うちの子達も、功ちゃんに会いたがっています。

もちろん私も会いたいわ。とても……。

大沢《おおさわ》さんと相談して、返事をください。

待ってます。

詩織

「詩織姉ちゃん……」

俺だって、会いたいよ。

姉ちゃんにも。可愛い双生児の甥っ子、翔《かける》と翼《つばさ》にも。お義兄《にい》さんにも……。

父さん母さんにも、会いたい……！

思わず涙が零《こぼ》れてきて、それを見たみーくんが、心配そうな表情で俺を見上げて言う。

「こーちくん、えーんえーん、めっ！」

「ホントだよね。恥《は》ずかしいね。カッコ悪いよね。みっともなくて笑っちゃうよ」

たとえ勘当《かんどう》されても、明彦さんと一緒に暮らすって決めたのに。里心《さとごころ》がついて泣いちゃうなんて、情《なさ》けないよ。

……だけど、会いたい気持ちは抑《おさ》えられなくて――。

「明彦さん、お願いがあるの」

明彦さんが帰宅した時、俺は早速手紙を見せて相談してみた。

明彦さんは神妙《しんみょう》に頷《うなず》きながら言う。

「お義姉《ねえ》さんのおっしゃる通りだ。顔を出せた義理ではないけど、ちゃんと君のご両親にも認めていただきたいし。それなら小《こ》まめに足を運んだほうがいいだろうね」

快《こころよ》く帰郷《ききょう》に賛成してもらえて、俺はとても喜んだ。

ところが――。

「すまない。実は……うちの事務所の所長のお宅で内輪《うちわ》のパーティーがあって、僕も招待されたんだ。君と結婚したことは誰も知らないし、妻に逃げられた子持ちのバツイチ男を憐《あわ》れんでの申し出だったから、無下《むげ》には断れなかった。……というか、断ったんだけど、遠慮してると思われて、押し切られてしまったんだ」

土壇場《どたんば》になって翻《ひるがえ》された彼の言葉に、しょんぼりと肩を落とすハメになる。

「……そうだったんですか……。仕方ないですよね。俺達、夫婦といっても、戸籍上は他人だし。男同士だから、会社の人に知られるわけにもいかないし……。いいんです。今回は諦《あきら》めます。明日、チケットを払い戻ししてきます」

言い終わるなり涙が零《こぼ》れて、俺は「ゴミでも入っちゃったかな」なんて、必死で笑って誤魔化《ごまか》した――つもりだった。

明彦さんは困惑し、精いっぱい俺を慰《なぐさ》めようとする。

「功一くん……。泣かないで。僕達はれっきとした夫婦だよ。誰に言えなくても、万が一知られた時の覚悟なら、ちゃんとできてるんだ。やっぱり、君と一緒に僕も……」

「いけません！　男の人が仕事のお付き合いを疎《おろそ》かにしちゃ、ダメですよ。……今回は諦める……って言ったでしょ」

俺は焦《あせ》って声を張り上げたが、明彦さんも退《ひ》かない。

「でも、それじゃ君ばかり貧乏くじを引かされたことになる。同窓会なんて滅多にないことだし。そういう口実でもなければ、君も帰郷しづらいだろう？　いい機会じゃないか。光彦のことは、僕がちゃんと面倒みるから。何も心配しなくていい。君だけでも、予定通りお義姉さんの家に泊まりに行っていいんだよ」

俺はとうとう心を動かされた。

「いいの？　俺だけ行っても……」

恐る恐る問い返し、顔色を窺《うかが》う俺に、明彦さんは優しく微笑《ほほえ》んでくれた。

「いいよ。お土産、楽しみにしているからね」


かくして、俺は一人、故郷に向かう新幹線に乗ったんだ。

（もうすぐ、詩織姉ちゃん達に会える……！）

心の半分はすでに故郷へ飛んでいたけれど、残りの半分は、明彦さんとみーくんのことばかり考えている。

（大丈夫かな、二人だけで……）

もうすぐ一歳二カ月になるみーくんは、よちよちだけど一人で歩けるし、自我《じが》が芽生えて自己主張も激しくなってきた。

俺がいないと泣き出しちゃうし、テレビのリモコンで悪戯《いたずら》はするし、叱《しか》られても全然懲《こ》りないし、なかなか難しい年頃なんだよね……。

（ごめんなさい、明彦さん……。俺、泣いたりして……あなたに『一人で行ってもいいよ』なんて言わせてしまった）

明彦さんは優しいから、俺に泣かれたら『ダメ』なんて言えないよね。

これが正孝だったら、たとえ泣いても旅行は中止。俺は独《ひと》りぼっちで取り残されていただろう。

正孝のことを考えると、急に不安が込み上げてきた。

俺からハッキリ別れを告げた時の、正孝の慟哭《どうこく》が胸に甦《よみがえ》る。

あれからどうしているんだろう?

あの日のことは、彼にとっても思い出に変わったろうか?

すっごく気になるけど、できればもう正孝とは合いたくない。会うのが怖い。

六年生の時はクラスが違ったから、同窓会で顔を合わせる心配はないけれど――。

狭い故郷の街中で、もしバッタリ鉢合わせしたらどうしよう。

万が一正孝と再会したら、その時俺はどういう態度で接したらいいんだろう?

(俺のことなんか忘れて、彼女と幸せになっていてくれたらいいけど……)

俺は祈るような気持ちで、そっと瞳を閉じた。

1. 久々の帰郷！

一月三日、午後三時頃、福山駅に着いた。

新幹線を下りると、そこにあるのは見慣れた景色。

（遂《つい》に故郷に帰ってきたんだ……）

深い感慨《かんがい》が俺の胸に湧《わ》き上がる。

改札を出ると、詩織姉ちゃんが家族総出でお出迎え。人待ち顔で出口付近に並んで立っていた。

「あっ、功ちゃん！」

真っ先に俺に気づいたのは詩織姉ちゃんだ。

「コータン、おかえりィ～！」

叫ぶや否《いな》や、翼が笑顔全開で駆け出し、続いて翔も駆け寄ってくる。

俺はまとわりついてきた双生児《ふたご》の頭を撫《な》でてやり、微笑みながらみんなに言う。

「久しぶりだね、翔、翼。姉ちゃんも義兄《にい》さんも、わざわざ迎えに来てくださって、ありがとうございます」

「なに水臭《みずくさ》いこと言ってんの。アタシ達、早く功ちゃんに会いたかったから、いても立ってもいられなくて、ここまで押しかけてきただけよ」

詩織姉ちゃんが笑顔で返し、お義兄さんもニコニコと俺に手を差し伸べてくる。

「長旅で疲れただろう？　荷物、僕が持つよ」

「すいません。じゃあ、これお願いします」

俺は肩に担《かつ》いでいたスポーツバッグをお義兄さんに渡して、やっと少し身軽になった。

「それにしても……残念だったわねぇ、功ちゃん一人で来ることになるなんて……」

「しょうがないよ。会社の上司の誘いだもん。ホントは俺も来るの諦《あきら》めようと思ってたんだけど、明彦《あきひこ》さんが、『君だけでも行ってきなさい』って言ってくれたから……」

「理解ある人でよかったわね。でも、今度来る時は三人でいらっしゃいよ。みーくんにも会ってみたいし……」

「うん。良い子なんだよ。きっと翔や翼といい友達になれると思うんだ」

「ところで、お腹空《す》いてない？　何か美味《おい》しいもの食べて帰ろうか？　ちょうどおやつの時間だし……」

「スーベリユトでケーキたべたい」

姉ちゃんの問いに答えたのは翼だ。

「ママは功ちゃんに聞いたのよ」

俺は母子《おやこ》のやりとりに苦笑《くしょう》しつつ、翼の援護《えんご》をしてやる。

「俺も久しぶりにシューベルトのケーキ、食べたいな♡」

カフェ・コンディトライ『シューベルト』は、この界隈《かいわい》では有名な洋菓子店だ。持ち帰りだけでなく、奥のティールームで、ケーキを食べながらくつろぐこともできる。

ヨーロピアンスタイルのお洒落《しゃれ》な白亜《はくあ》の建物は異国情緒たっぷりで、店内のアンティーク家具も、ロンドンから取り寄せた百年くらい前のものなんだって。時間帯によっては、ピアノの生演奏も聞けるんだ。

「じゃあ……シューベルトでケーキを食べて帰りましょうか」


俺達は、お義兄さんが運転するエスクードに乗って、春日通りに向かって走り出した。

しばらくして、不意《ふい》にナビシートに座っていた姉ちゃんが、双生児と一緒に真ん中のシートに座っている俺を振り返って尋ねる。

「ねえ、功ちゃん。年末は『二〇〇〇年問題』対策で、備蓄《びちく》食料とか買った？」

「ペットボトルや保存食は、いつも災害時のために多少は常備してるから——念のため、石油ストーブを買ってもらったくらいかな」

「ああ、石油ストーブ！　ずいぶん売れたみたいね。うちも父さんに言われて買おうとしたけど、品切れでダメだった。結局何も起こらなかったから、買わなくてよかったけど……」

「でも、俺は『買って良かった』と思ったよ。去年家を出て一人暮しを始めた時から、冬になったら買うつもりでいたんだ。あれがあったら暖《だん》を取るだけじゃなく、お湯を沸《わ》かせるし、簡単な調理もできて便利じゃない？　焼き芋《いも》を焼くなら、ストーブが一番だし……」

「焼き芋かぁ～。アタシが小学校の頃は、冬定番のおやつだったわ～」

「ストーブで焼いたお芋って、なんか、しっとりホコホコしてて、金団《きんとん》みたいで美味しいよねぇ……。母さんの味……みたいな」

「誰が作っても同じだわよ。まあ……母さん唯一の手作りおやつではあったわね。アルミホイルで包んで、ストーブの上に転がしとくだけでいいから、楽なもんだし……」

　そこで、姉ちゃんは思い出し笑いを浮かべながら言う。

「それより聞いて～。父さんったら、『最悪の場合』を想定した流言飛語《りゅうげんひご》に惑《まど》わされて、『キャンプにでも行くの？』っていうくらい、あれこれいっぱい買い込んでたのよ～。結局肩透かしを食らって、『詐欺《さぎ》だ！　消費者を煽《あお》る陰謀《いんぼう》だ！』とか怒り狂って、酔った勢いで大騒ぎしたんだから」

「父さんらしいや……」

　俺も思わず笑ってしまった。

「でも……何もなくて良かったよね。公共機関が総力を上げて、万全の体制を整えて新年を迎えたお陰だよ。詐欺だなんて言ったら、必死で頑張ってくれた人達に失礼でしょ」

「そうよねぇ……。もしホントに文明機器が使えない状況に陥《おちい》ったら、真冬のサバイバル生活よ。冗談じゃないわ」

　詩織姉ちゃんはオーバーに肩を竦《すく》める。

「しゃばいばりゅってなにー？」

　可愛らしく小首を傾《かし》げて翼が問う。

「サバイバルっていうのはね、暮らしにくい場所でも生き残ることだよ。もしかしたら今年のお正月、翼達はヒーターも炬燵《こたつ》も使えない、さむーいお部屋で過ごさなきゃいけなかったかもしれないんだ」

「のーして？」

「コンピュータが壊れて、水道・ガス・電気が、みんな使えなくなるかも……って言われてたんだ」

「ちゅかえたよ」

「うん。だから、よかったね……って話してるの。真冬にそんなことになったら、風邪引いたり、凍《こご》えて死んじゃう人まで出るかもしれないでしょ」

解ったのか解らないのか——多分後者だろう。翼は瞳をパチパチさせながら、俺の顔をじっと見つめている。

「でもまあ……もしそうなったら、お祖父《じい》ちゃんのところへ行けば大丈夫。アタシがろくに備《そな》えもしてないもんだから、我が家のことまで心配して、多めに買い物してたみたいだもん」

あっはっはー、と豪快《ごうかい》な笑い声を上げて、詩織姉ちゃんは他にもいろんな世間話や近況を喋《しゃべ》り始めた。

客商売をしているだけあって、姉ちゃんは話題が豊富だし、話上手で聞く者を飽きさせない。

そうこうしているうちに、目指す建物が見えてきた。

「ほーら、着いたわよー」

俺達は嬉々《きき》として車を下りた。

「コータン、なにたべりゅの？」

翼に聞かれ、俺はショーウィンドー越しにケーキを指さした。

「あの『青リンゴのトルテ』がいいな」

それはパステルカラーの青緑色の球体を、生クリームやマジパン細工で飾ったカップケーキだ。見るからに美味しそう♡

「ちゅばしゃ、あれがいい！」

翼が指さしたのは、ブルーベリーや苺《いちご》、メロンなど、果物を彩《いろど》りよく使ったデコレーションケーキをカットしたもの――『くだもの畑のトルテ』だ。

「翔は……？」

翔が無言で指さしたのは、白いデコレーションケーキの一片、チョコレートのバイオリンを載せた『森の音楽会』。

「アタシは『ミルフィーユ』にするわ」

「僕は『チーズケーキ』で」

それぞれケーキと紅茶を注文して、ティールームでテーブルを囲む。

食べて壊すのが勿体《もったい》ないくらい、細かいデコレーションが施《ほどこ》された綺麗なケーキ。

でも、美味しいから食べる。ここのはわりとあっさりめの味なんだよね。こってりしたのや甘すぎるのが苦手な人にはぜひお勧《すす》めしたい。

「かけりゅ、ちゅばしゃのとはんぶんこしよ」

翼の言葉に、翔はこっくりと無言《むごん》で頷く。

「コータンも、ちゅばしゃのケーキ一口あげりゅ。コータンのもちょーだい♡」

「いいよ。翔も俺のケーキ、食べてみる？」

「ママのも♡　パパのも♡」

「はいはい、解ったから、大声出さないのよ。他のお客さんの迷惑になるからね」


美味しいケーキを食べ終えて、姉ちゃん達が住んでいるマンションに着くと、翼は今度は、自分たちの部屋から絵本を取ってきた。

「コータン、えほんよんで♪」

俺にしがみついたままの翔も、じっともの言いたげに俺の顔を見上げている。

「何言ってるの。功ちゃんは疲れてるのよ。少しは休ませてあげなさい」

姉ちゃんが「メッ！」と恐い顔をして翼を窘《たしな》めるが、

「ヤーッ、えほんーッ！」

翼はまったく聞こうとしない。

「パパが読んであげるよ」

見兼《みか》ねてお義兄さんが申し出てくれたが、お義兄さんは棒読みになるせいか、子供たちには不評《ふひょう》だ。

「パパ、ヤダーッ！　コータンがいい♡」

「解った解った。絵本、読んであげるから」

「甘やかしてばかりじゃダメよ、功ちゃん。この子達反抗期なんだから。ダメな時は『ダメ』って、キッパリ筋《すじ》を通さなきゃ」

「別に、俺は絵本も読めないほど疲れてやしないよ。さあ、何を読めばいいの？」

翼が「これ！」と元気よく差し出したのは、すっかりヨレヨレになった一番お気に入りの絵本だ。

大学に通うことを口実に、正孝から逃げるために上京するまで、よくこの絵本を読み聞かせてあげたっけ。森で迷子になった野ネズミが、ちょっぴりコワ～い体験をするお話なんだけど。翼はいつも好奇心いっぱいで。翔はビクビクしながら怖いもの見たさで、夢中になって聞き入っていた。山場に差しかかるとキャーキャー大騒ぎしてくれるから、読んでいるほうも張り合いがあったよ。

無邪気な君達と過ごした時間が、正孝との苦しい恋に疲れ果てていたあの頃の俺にとって、どれほど救いになったことだろう。

俺は過去に想いを馳《は》せながら、あの頃と同じように、キャラクターごとに声色《こわいろ》を変え、情感を込めて絵本を朗読した。

おしまい——と、締めの言葉で結んだところで、詩織姉ちゃんがふと、思い出したように恨み言を口にする。

「この子達、功ちゃんにとても懐いてるじゃない？　去年の春、功ちゃんが家を出てから、ずっと『いつ帰ってくるの？』って煩《うるさ》かったんだから。夏休みに帰省《きせい》した時なんて、『もうどこへも行かない』とか言ってくれたんですってね。すっかり本気にしちゃってて——功ちゃんが大沢さんと向こうに帰ったあと、大変だったのよ」

俺は無責任な自分の言動を反省せずにいられない。

「ごめんね、翔、翼」

そう言って、両脇に座っている甥《おい》っ子達を、左右の腕でしっかり抱き寄せた。

「………ところで……帰省の日程はどうなってるの？　実家のほうには、いつ顔を出すつもり？」

おそらく、いつ聞き出そうか機会を窺《うかが》っていたんだろう。詩織姉ちゃんは、言いにくそうにそれを聞いてくる。

「うん……同窓会は明日──一月四日の午後四時に小学校に集合予定。そこから一次会の会場に移動して、二次会は八時から。向こうに帰るのは五日の朝だから、実家には、今夜か明日の昼間に行っとかないと」

「今夜は……もう疲れたんじゃない？　明日の朝一で、アタシと一緒に行く？　せっかくだから、うちの美容院でセットして同窓会に行けば？」

「そうしようかな……」

俺はずっと、母さんの手で髪をカットしてもらってた。

毎日のヘアセットも、俺と母さんにとって、大切な『母子《おやこ》のコミュニケーション』の時間だったんだ。

プロの技術でシャンプー・ブローを施《ほどこ》された、ふわふわサラサラの俺の髪。

いつも『綺麗だね』『可愛いね』ってみんなに褒《ほ》められて、とても誇らしかった。『母さんがセットしてくれたんだよ』って、胸を張って自慢していたものだ。

「久しぶりに……母さんにセットしてもらいたいな……」

「母さんもきっと、そう思ってるよ」

「そうだといいけど──」

暗い翳《かげ》りが心を重くする。

俺は父さんの性格を、充分把握《はあく》しているつもりだ。

♡ ♥ ♡

四日は朝からいいお天気だった。

双生児の子守は休暇中のお義兄さんに任せ、俺と姉ちゃんは徒歩で実家への道程《みちのり》を辿《たど》る。

美容院の開店は午前十時。

それより十分ほど早く実家に着いた。


「おはようございますぅ～、詩織ですぅ～！」

声をかけるなり、姉ちゃんは勝手知ったる『かつての我が家』へと上がり込んでいく。

「姉ちゃん、マズイよ。俺……ここで待ってるから……」

「何言ってるの。あなたの生まれた家よ。遠慮しないで、堂々と上がればいいじゃない」

「ダメだって、ちょっと……！」

押し問答しているうちに、父さんが出てきた。

「コラ、詩織。何を勝手なことをしとるか。赤の他人を、家主の承諾もなしに家に入れるな！」

父さんに怒鳴りつけられ、姉ちゃんはムッと眉間《みけん》に皺《しわ》を寄せて言い返す。

「赤の他人って、功ちゃんは父さんのたった一人の息子でしょ」

「ワシの息子は去年の秋に死んだわい。今さら帰って来たって知らんッ！」

「もう……何を意地張ってんのよ」

「知らん知らんッ！　そんな奴、顔も見たくないわッ！　どうせあの男に裏切られて、行くところがなくなって、のこのこ戻って来たんだろうが、我が家の敷居《しきい》は絶対に跨《また》さんからな！」

「裏切られてなんかいないわよ。功ちゃんは向こうで幸せに暮らしてるわ」

「だったら尚《なお》さらだ！　とっとと帰れ！　この恥知らずめがッ！」

「お父さん……」

取り付く島のない父さんの言葉に、姉ちゃんは『処置なし』とばかりに深いため息をつく。

居間の戸口で、母さんが心配そうに様子を窺っていた。

「お母さん、このわからず屋になんとか言ってやってよ」

だが、母さんは黙って見ているだけ。

「解ったわ。家に上げなきゃいいんでしょ。お店に回ろう」

「家だろうが、店だろうが、ワシャ許さんぞ！」

「お店に来たお客さんを追い返す権利、お父さんにはないわよ」

姉ちゃんはキッパリと言い、俺を連れて表に回る。

店の扉はすでに開いていた。

店内は、正月向けの飾りがしてある以外、俺が最後にここへ来た時と変わってない。

「まったく……あの石頭にも困ったもんね」

「俺……やっぱり来ないほうがよかったのかな……？」

「そんなことないわ。今さら引っ込みがつかないだけよ。アタシ、母さんを連れてくるから」

そう言って、姉ちゃんはいったん奥へ引っ込んだ。

だけど――。

「ごめん、功ちゃん。母さん、出てこれそうにないわ」

多分そんなことだろうと思っていた。父さんが反対している限り、母さんは父さんに従うだろう。

「今日はお姉ちゃんが功ちゃんの髪、綺麗にしてあげるね。さあどうぞ」

詩織姉ちゃんが俺をシャンプー台へと促《うなが》し、椅子を倒して、俺の顔にガーゼをかける。

「湯加減はどう？」

「ちょうどいいよ」

「じゃあ……痒《かゆ》いところがあったら言ってね」

頭皮《とうひ》をマッサージするように、詩織姉ちゃんの手が俺の頭を洗う。

俺は何度、このシャンプー台で母さんに頭を洗ってもらっただろう。

（もう二度と、母さんにシャンプーしてもらうことはないのかな……？）

涙が零《こぼ》れてきた。

故郷に帰ってきたはずなのに、俺の居場所はどこにもない。

あの日はなんて遠いんだろう。

だんだん呼吸が荒くなっていく。きっと姉ちゃんにも、泣いているのが解ったに違いない。

だけど、姉ちゃんは気づかないフリをしていた。

ただひたすら、優しい手つきで俺の頭を洗い、少し毛先を揃《そろ》えてカットして、丁寧《ていねい》にブローしていくだけ。

「さあ、できた。どう？　お姉ちゃんの腕も、なかなかのもんでしょ？」

鏡の中の俺は、さっきよりずっとサッパリしているのに、顔色はまったく冴《さ》えない。

「ほら、笑ってごらん。楽しいことだけ考えるの。功ちゃんには、大沢さんやみーくんがいるじゃない。それに……アタシだって、双生児だって、大空だって、功ちゃんのこと大好きなんだよ。功ちゃんがそんな顔してると、こっちまで悲しくなっちゃうわ」

俺は唇の端を引き上げ、無理に笑顔を作ってみせる。

「大丈夫。覚悟はしてたから。俺……支度もあるし、もう姉ちゃんトコに帰るよ」

ここにいるのは肩身《かたみ》が狭い。

一刻も早くここから逃げ出したい。

そんな俺の気持ちが解るのか、姉ちゃんは不安げに俺を見つめて言う。

「お姉ちゃん、仕事があるからついててあげられないけど……」

「心配いらないって。俺、これでも今年で十九歳、来年の春には二十歳《はたち》になるんだよ」

「幾つになっても、功ちゃんはアタシの可愛い弟なのよ」

ギュッと肩を抱き寄せられ、守るように温かい腕に包み込まれて、俺は自然に笑み零れていた。

それから瞬《またた》く間に時間は過ぎて、午後四時――。

俺は懐かしい母校の校門前にやってきた。

「久しぶりじゃん、松村」

「おお、ホントに松村だ。相変わらずの美少女ぶりだな。今でも女子より可愛くね？」

そう言ったのは、小学校時代の苛《いじ》めっ子達だ。

「どうせ『女男《おんなおとこ》』だって言いたいんだろ」

「……つか、あれは『女子より可愛い松村』の気を引きたかったんだよ。武野《たけの》がお前のこと独占してて、誰も近寄れなかったじゃん？」

「アイツいっつも隣のクラスから乱入して、松村にベッタリ張りついてたもんな～！」

武野っていうのは、正孝《まさたか》のことだ。

「正孝は、苛められっ子の俺を庇《かば》ってくれてただけじゃない」

「俺達、苛めたつもりはなかったんだって！　もし松村が女子だったら、俺なんか、真っ先にカレシに立候補してたさ」

「いくらカレシに立候補してくれても、仲田《なかだ》くんみたいな苛めっ子は絶対にお断りだよ」

「ひっでー！　言うようになったじゃん」

「そう言えば――武野、婚約したんだって？」

最初に俺に声をかけてきた高橋くんが言い、辺りが急に騒然となる。

「ウッソ……。あいつ、モーホじゃなかったんだ……。俺はてっきり、武野は松村にLO《ラ》VE《ブ》だとばかり……」

「お相手は社長令嬢だと。逆玉ってヤツ？」

「うっわ憎たらし～！　アイツいつもいいトコ取りでオイシイ思いしてんだよな。今度会ったらせいぜい冷やかしてやる」

「やめとけ。惚気《のろけ》られるのがオチだって」

「ノロケるならまだ可愛げあるけど、いい気になっててヤなカンジ～！」

仲田くんがそう言って、噂話に興《きょう》じるみんなを一瞬黙らせた。

「クリスマスに街でバッタリ会って、婚約したこと知ったんだケド、俺が『逆玉なんて羨《うらや》ましいよ』って言ったら、あいつなんて答えたと思う？　『くだらねぇ』って、バカにしたように笑いやがったんだ！　チョ→ムカツク！」

「それって単なるヒガミじゃねーの？」

「だとしても許せん！　神様は不公平だ。俺にも逆玉のチャンスをくれ～!!」

そこでみんな笑ったけど、俺はさすがに笑えなかった。

だって正孝は、好きで逆玉に乗ったワケじゃない。親の会社が潰《つぶ》れかけて、援助と引き替えに彼女と婚約したんだ。

「……正孝、幸せそうだった？」

俺の問いに、仲田くんは興味なさげに答えた。

「そりゃ、幸せなんじゃね？　可愛いお嬢様と婚約して、逆玉に乗って前途洋々《ぜんとようよう》なんだから。少なくとも、アイツが俺達とは違う世界の人間になったことだけは確かだね。前から排他的《はいたてき》なトコあるヤツだったけど。今はもう気後れして、気安く声かけらんねーよ」

仲田くんの言葉を聞きながら、『それは違う』と心の中で呟いた。正孝は不器用だから誤解されやすいけど、決してバカにして笑ったんじゃないと思う。

（彼女との結婚を、正孝は今も、本心から望んでいるワケじゃないのかな……？）

傍《はた》から見れば『幸せな男』に見える正孝が、本当は何を幸せだと感じるのか、それは本人にしか解らない。

いや――もしかしたら、正孝自身にも、解らないのかもしれない。

正孝から逃げた俺が、こんなこと言えた義理じゃないんだけど。早く本当の幸せを見つけて欲しいよ。

辛《つら》い思いもいっぱいしたけど、やっぱり俺、正孝が好きなんだ。

恋とか、そういう感情はもうなくなったけど――思い出の中の正孝は、いつも俺を庇い、守ってくれたヒーローとして、今も心の中に生き続けてる。

正孝がいなかったら、幼稚園から中学校にかけての俺は、友達なんて一人もいなくて、学校嫌いで登校拒否していたに違いないもの。


久しぶりに懐かしい顔ぶれに会って、美味しいものを食べて、飲んで、騒いでいるうちに、打ちのめされた心も随分浮上してきた。

帰りは遅くなると踏んでいたから、姉ちゃんから鍵を借りて出ている。

時刻は十一時過ぎ。すでに眠っているはずの双生児を起こさぬよう、俺は借りていった鍵を使って、姉ちゃん宅に戻った。

抜き足差し足でそお……っと廊下を歩き、リビング・ダイニングに続くドアを開けると、姉ちゃんが独り、リビングのソファーにぼんやり座ってる。

俺は控《ひか》えめに声をかけた。

「ただいま」

「お帰り、功ちゃん。同窓会、楽しかった？」

「うん。行ってよかったよ」

俺の言葉に安堵《あんど》して、姉ちゃんは躊躇《ためら》いがちに打ち明ける。

「本当はちょっと迷ってたの。同窓会の葉書なんて、送らないほうがいいんじゃないか。帰って来てほしいけど、正孝くんのことがあるから、ほとぼりが冷めて落ち着くまで帰って来させちゃいけないんじゃないか……って。功ちゃんが帰って来たこと誰かに聞いて、正孝くんが同窓会の会場に押しかけていったらどうしよう——なんて、そんなことばかり考えて、生きた心地がしなかったわ」

「もぉ……心配性だな」

「心配するわよ。彼、ストーカー傾向あるでしょう。顔を合わせたら、また功ちゃんに迫りだすんじゃないか……って、不安だったわ。それでも、同窓会はいい口実だと思ったの。放っておいたら功ちゃん、二度と帰って来てくれないような気がしたから……悩んだ末に、思い切って手紙を出したのよ」

姉ちゃんの読みは間違ってない。確かに俺は、両親に勘当《かんどう》されて、故郷に帰りづらかった。

姉ちゃんが俺の気持ちに気づいていることは、俺も薄々察してたけど——まさか正孝のことまで、今も悩ませていたなんて……。

「心配ばっかりさせてごめん……」

「お姉ちゃんが心配するのは、それだけ功ちゃんのこと可愛いと思ってるからよ。そんなこと、いちいち気にしなくていいの。父さん達に追い返されたからって、もう懲《こ》りたとか言わないで、ちょくちょく顔見せに戻ってきてよ」

「うん……」

お愛想《あいそ》で頷いたものの、内心では、俺は正反対の結論を出そうとしている。

両親にああまで拒《こば》まれると、やっぱり辛《つら》いから。

俺は意気地なしだから、何度でもぶつかっていくだけの気概《きがい》がないんだ。

(ごめん……詩織姉ちゃん。これが最後かもしれない……)

俺の心などお見通しなのか、姉ちゃんは淋しそうに俺を見つめていた。

♡

♥

♡

明るい陽光《ひかり》を連れて、また朝がやってきた。

時計の針は、あと少しで午前九時を示そうとしている。

俺は姉ちゃん一家に囲まれて、新幹線のホームで別れを惜《お》しんでいた。

「名残《なごり》惜しいわ、功ちゃん。今度はゆっくり遊びに来てね」

「うん。姉ちゃん達も、今度うちに遊びに来てよ。明彦さんも、姉ちゃん達に会いたがってたから……」

「功一くん、そろそろ新幹線が入って来るみたいだよ」

アナウンスを聞いて、お義兄さんが俺を促《うなが》す。

荷物が入ったバッグを持ち上げ、お土産袋《みやげ》を手にした俺に、大真面目な顔で姉ちゃんが言う。

「気をつけて帰るのよ。もし痴漢《ちかん》に遭《あ》ったら、大人しく触らせてないで、大声で助けを求めなさい」

「やだなあ、姉ちゃん。俺……こう見えても男だよ」

「男でも痴漢くらいされるわよ。今の時期、酔っ払いが多いんだから。ヤバそうなのがいたら、ダッシュで逃げるの。スリやひったくりにも用心しなさい。何かあったら、交番に行けばいいんだからね」

まるで子供扱いなんだから……参っちゃうよ。

「じゃあ俺、もう行くから。姉ちゃんも、義兄さんも、翔も翼も元気でね」

姉ちゃん達は、ずっと手を振りながら俺を見送ってくれる。

指定された座席は窓際で、窓越しにホームで手を振るみんなが見えた。

俺も一生懸命手を振り返す。

やがて新幹線は走り出し、瞬く間にホームが見えなくなった。

哀愁《あいしゅう》めいた想いに引きずられながら、俺は静かに頭《かぶり》を振る。

(もう二度と会えないわけじゃない。今は……明彦さんとみーくんのことだけ考えればいいさ)

二人はこの二日間、どうやって過ごしたんだろう。

(みーくん、明彦さんを困らせてなきゃいいけど……)

心が逸《はや》る。

今すぐにでも、二人の笑顔が見たいよ。


独りぼっちの時間は長かった。

新幹線の改札口まで迎えに来てくれた、明彦さんとみーくんの顔を見た途端、なんだかホッとしてしまった。

「明彦さん! みーくん、ただいま!」

不機嫌だったみーくんの顔が、俺に気づいた途端、パァッと輝いた。

「こーちくん!」

「お帰り」

みーくんとは対照的に、なんだか明彦さんはひどく窶《やつ》れている。

「どうしたの？　何かあったの？」

「実は……」

明彦さんは、俺が不在の間の顛末《てんまつ》を話してくれた。どうやら相当手こずらされたらしい。

「カレーが食べたいっていうから、レトルトカレーを食べさせてみたんだけど……」

「ちょっと待って。俺、みーくんにカレーライスなんてまだ食べさせたことないです。うちの食生活って、明彦さんの好みに合わせた和風の煮物中心だし。俺が辛《から》いの苦手だから、ハヤシライスならともかくカレーは……」

「じゃあ、『かでぇ』ってなんだ……？」

「あっ、そうか！　明彦さん。それ、カレーライスじゃなくて、『カレイの煮つけ』ですよ。去年の暮れ、明彦さんが忘年会で晩ご飯がいらなかった日に作ったんです。みーくん、平《ひら》べったい魚が珍しかったみたいで、あのあと『鯵《あじ》の開き』を見ても『かでぇ、かでぇ』って言ってました」

「そうだったのか……」

明彦さんはガックリと肩を落とした。

「僕には光彦の嗜好《しこう》なんて解らなくて、スーパーで買い物するだけで悩んでしまったよ。やはり君がいないとダメだな……」

俺は明彦さんに必要とされることで、心が救われた気がした。

「今回だけです。俺も一人で旅行したって楽しくなかった。明彦さんやみーくんはどうしてるかな……って、そればっかり考えてしまって……」

ちょっとオーバーに言ってみたけど、それは方便《ほうべん》ってヤツだ。

実際に、明彦さんが一緒だったら、俺が実家で受けたダメージも、もう少し軽かったんじゃないかな……って思うしさ。

でも——一緒に行けば、きっともっと修羅場《しゅらば》になって、明彦さんやみーくんに嫌な思いをさせてしまっただろう。

俺のことを言われる以上に、彼らが非難され、傷つけられるのは辛いよ。

だからもういい。

明彦さん達の傍《そば》にいられたら、それだけで俺は幸せ。

明彦さんについてきたこと、少しも後悔してない。

だって、俺は明彦さんを愛してるから……。

俺は自分自身に言い聞かせるように、心の中で繰り返しそう呟《つぶや》いた。

明彦さんは、優しく俺の肩を抱き寄せる。

「帰ろうか」

「はい♡」

明彦さんとみーくんがいる場所が、俺の唯一の居場所。

今はあのマンションが、俺の『我が家』だ。


たとえ両親に認めてもらえなくても。

たとえ世間に後ろ指さされても。

一生後悔なんかするもんか。

後悔なんて――……。

2. 二〇〇一年の成人式

一年なんてあっという間に過ぎてしまう。

二〇〇〇年ももうすぐ終わり。新世紀の幕開けが間近に迫っている。

カウントダウンが始まった年の瀬、詩織姉ちゃんから電話がかかってきた。

『功ちゃん、来年は何日に帰ってくる予定なの？』

俺は言葉に詰まってしまう。

『成人式だってあるし、八日までには帰ってくるよね？』

「……ごめん。帰省すること、考えてなかった」

『考えてなかった……って、成人式は一生に一度の記念行事じゃない。帰って来なさいよ』

「今からじゃ、きっと新幹線のチケット取れないだろうし……。成人式なんて、絶対行かなきゃいけないものでもないから」

『そんなこと言わないでよ。明彦さんはなんて言ってるの？　二人でよく話し合ってみなさい。いいわね？』

「解った……」

……というのは単なる言い逃れ。

明彦さんが何か言わない限り、俺はこのままバックレるつもりだ。

除夜《じょや》の鐘が鳴り終わり、新年がやってきた。

「あけましておめでとう、功一くん。今年もよろしく」

「おめでとうございます、明彦さん。不束者《ふつつかもの》ですが、今年もよろしくお願いいたします」

深々と頭を下げ、新年の挨拶を終えた俺達は、瞳を見交わし、静かに微笑み合う。

「じゃあ……そろそろ『姫初《ひめはじ》め』ということで、僕の寝室に行こうか」

昔の人は雅《みやび》やかな言い方をしたものだ。『初エッチ』だと即物的《そくぶつてき》だけど、『姫初め』というと、何やらしっとりとした趣《おもむき》がある。

でも——。

「俺、『姫』じゃありませんよ」

「ああ、そうか。じゃあこの場合、なんて言えばいいんだ?」

「俺に聞かないでください。知りませんよ」

「まあ……どのみちやることは大して変わらないんだし、『姫初め』でいいことにしよう」

俺は彼に肩を抱かれ、みーくんを起こさないよう、そっと寝室へ移動する。

「愛してるよ、功一くん」

寝室の鍵をかけるなり、息苦しいほどの抱擁《ほうよう》と貪《むさぼ》るような口づけが俺を捕えた。

たくましい腕に抱かれて夢見心地でいるうちに、いつの間にか半裸《はんら》にされている。

「もうすっかり食べ頃で美味《おい》しそうだな」

明彦さんはクスクス笑いながら、興奮して勃《た》っている俺の乳首に吸いついてきた。

「いや……ッ、そういうこと、言わないでくださいってば。恥ずかしいじゃないですか」

「どうして？　いいだろう、本当のことだし。君がこんなに美味しそうだと、僕としては嬉しい限りだよ」

両方の乳首を弄《もてあそ》びながら、明彦さんは言う。

「ここをこうしただけで……ほら、こんなところまで熟《う》れてきた」

みるみる勢いづいてしまった正直者の俺の欲望。

明彦さんはそれを弄びながら、俺の手を自分の股間に導く。

「僕の体も食べ頃だと思わない……？」

（た……確かに……）

明彦さんのそこはすっかり興奮して、たくましく猛《たけ》っている。

「君の可愛いお口で食べてくれるかい？」

だから、そういう言い方は恥ずかしいって言ってるのに！

（顔に似合わず、オヤジなんだから……）

だけどもう、いちいち逆らうのもなんだし、俺は羞恥《しゅうち》に顔を赤らめながらも、明彦さんの要望に応えることにした。

彼の足許に跪《ひざまず》いて、パジャマの中の昂《たかぶ》りをそっと掴《つか》み出す。

明彦さんの男性自身は、俺が知っている中で一番大きくて立派なんだ。

まあ……俺が知ってる比較対照は、自分自身と、俺の初めての男だった幼馴染《おさななじ》みの正孝と、大学時代にちょっぴり付き合った原田くん——あと、俺の父さんのくらいだな。

その誰と比較しても、長さといい、太さといい、あからさまに違うんだもん。初めて見た時はビックリしちゃった。

思わず、こんな巨根《きよこん》で責められたらどんなかな……って、あ、いやいや——今のはナシ。彼をオカズにしていたなんて、恥ずかしくってとても申せません。

明彦さんと暮らし始めて以来、毎晩のようにコレで可愛がられて、俺……もうコレじゃないと物足《ものた》りなくなっちゃってる。

この手にしっくり馴染《なじ》んだものを扱《しご》きながら、俺は愛しい明彦さんの分身に、愛情込めて口淫《こういん》を施《ほどこ》す。

口に含み切れなくて苦しいけど、それすらも快感……。

俺は夢中で彼の股間に吸い付き、舐《な》め舐《ねぶ》り、亀頭《きとう》の括《くび》れから裏筋にかけてハーモニカを吹くように銜《くわ》え、先端を舌先で突っついては、唇に包皮《ほうひ》を挟んで引っ張ってみたりする。

ふと気づくと、そんな俺を明彦さんがじっと見ている。

「や……恥ずかしいから、じろじろ見ないでください」

「嫌だ……。もっと見ていたい。こういう時の君の顔、すごく艶《つや》っぽくてそそるんだ……。君にも見せてあげたいよ」

「そんなの、見たくないです」

「ほら、お口がお留守になっているよ」

促《うなが》されるまま、俺は再び彼のものを銜えたけれど、気になって集中できない。

「お願い……明彦さん。俺にもしてください」

シックスナインの体位を取れば、明彦さんにこれ以上無遠慮に顔を見られないで済む。

「解った。おいで」

明彦さんはベッドの上に仰臥《ぎょうが》し、俺を手招く。

俺は彼の顔を跨《また》いで、彼の股間に顔を埋《うず》めた。

彼の欲望を愛撫《あいぶ》しながら、俺自身も彼の手と口に翻弄《ほんろう》される。

情熱的な愛撫に、俺は切なく腰を揺らさずにいられない。

「そんなに腰を振って、可愛くおねだりされたらたまらないな」

「お……おねだりなんて……」

「してない？　本当に？　君のココは、物欲しそうにヒクヒクしているよ」

明彦さんは俺の双丘《そうきゅう》の谷間にある、秘密の入口をそっとノックする。

頭隠して尻隠さずとは、まさにこのことかもしれない……！

明彦さんのを夢中でおしゃぶりしている顔を覗《のぞ》かれるのと、明彦さんが早く欲しいと訴えているお尻の窪《くぼ》みを覗かれるのと、いったいどちらがより恥ずかしいだろう？

「あなたって……どうしてそんな、エッチなことばかり言うの？」

「君が恥ずかしそうに困ってる顔が可愛いから……かな？」

「意外と苛《いじ》めっ子なんだ……」

「男は大抵そうだと思うよ」

「苛めっ子は嫌いになっちゃうから」

「ごめんごめん。キスしてあげるから、機嫌を直して」

明彦さんは俺の腰をグッと抱き寄せ、口は口でも下の口に熱ぅ〜いディープキス！

「ヤダ……もう……！」

グッと奥まで舌を差し込まれて、うねるような舌使いで内部を舐め回され、俺はたまらず叫んでいた。

やがて彼の舌だけでなく、指までがそこを責め始める。

最初はくすぐるように入口をなぞっていたかと思うと、いつの間にか先っちょが内部に潜《もぐ》り込んでいたんだ。

掻《か》き回すように、大きく円を描いている指先。

それが時々、弾《はじ》くように揺れて。

巧《たく》みに生み出されるバイブレーション。

だけどそれは肝心の場所に届かなくて、却《かえ》ってもどかしさを煽《あお》るだけだ。

俺は切なさに身悶《みもだ》え、羞恥心《しゅうちしん》などかなぐり捨てて哀願《あいがん》していた。

「……焦《じ》らさないで……ああ、そこ、もっと奥まで……」

「こうかい？」

明彦さんの指はゆっくりと根元まで埋まっていき、内奥を広げるように蠢《うごめ》き始める。

俺の一番イイところを何度も掠《かす》められて、その度に、俺は堪《た》え切れず嬌声《きょうせい》を上げた。

やがてゆっくりと引き出されていった彼の指は、二本に増えて俺の中に戻ってくる。

内部の指を二本別々に動かされて、俺はますます感じまくってしまう。

それがいつしか三本になり、内部の襞《ひだ》を押し広げながら、快楽のツボを擦《こす》り立てられて。

今にもはち切れそうになった俺の欲望は、彼の手でしっかりと根元を掴《つか》まれてしまい、達《い》きたくても達けない。

「……イヤぁ…ッ、お願い……もうイカせて…！」

「もう少し我慢して……。どうせなら、二人一緒に達《い》こう」

「ああ……早く、早くぅ……」

俺は啜《すす》り泣きながら繰り返し訴《うった》える。

「早くどうして欲しいの？」

「明彦さんの……挿《い》れてぇ……！　明彦さんのたくましいので、俺の中をいっぱいにしてよぉ……ッ！」

「いいよ。もう少し下に下がって、正面を向いて」

俺は素直に彼の言葉に従った。

すると、明彦さんはニヤニヤしながら俺の顔を見つめて言う。

「さあ、君が気に入るように、自分で挿れてごらん」

俺は戸惑い、縋《すが》る瞳で再度おねだり。

「イヤぁ……、明彦さんがして……」

「甘えてばかりじゃダメだよ。自分でできるところまでは、自分でしなきゃ。君は光彦にそう教えてるじゃないか」

それは……みーくんはもう二歳を過ぎたから、そろそろ自分で着替える練習を始めたからで……。

呆《あき》れて言葉も出ない俺に、明彦さんはさらに追い討ちをかける。

「さあ、見ていてあげるから、やってごらん」

(なんてイヤーンなこと言うのォ〜)

俺は『赦《ゆる》して』と眼差《まなざ》しで訴えたけど、明彦さんはニヤニヤと笑うだけ。

俺の欲望は塞《せ》き止められたままだし、その上、背中から臀部《でんぶ》にかけてを撫《な》で回され、太股の内側や脚の付け根まで、そっと掌《てのひら》を這《は》わされて——。

「もう……ッ！　明彦さんのイジワルぅ〜ッ」

もどかしくなって、俺は彼の欲望を鷲掴《わしづか》み、彼の訪れを待つ秘密の小部屋へと導いた。

たくましい彼の分身は、未《いま》だにすんなり呑《の》み込むことができない。

俺はゆっくりと息を吐きながら、静かに、静かに腰を下ろしていく。

うに。

「上手にできたね。偉い偉い」

明彦さんは俺の背中をヨシヨシと撫でる。まるで、俺がみーくんを褒《ほ》めてあげる時のよ
うに。

「ご褒美《ほうび》をあげるから、しっかり体を支えているんだよ」

今度はそう言って、明彦さんは俺の足首を掴み、膝の屈伸《くっしん》を利用して、機織虫《キリギリス》のような
動きで腰を振り始めた。

「ああんッ、あ…ッ、ア…ッ！」

俺の嬌声《きょうせい》は次第に切迫《せっぱく》し、トーンが高くなっていく。

体を支えていられなくなり、俺は彼の胸に縋り付くようにしなだれかかる。

「もうダメェッ、明彦さん……ッ！」

「僕もそろそろ限界だ」

そっと背中に両腕を回され、しっかりと抱きしめられて、俺は行き場を失っていた熱い
奔流《ほんりゅう》を迸《ほとばし》らせた。

俺の中には、明彦さんの情熱の飛沫《しぶき》が注《そそ》がれていく。

身も心もいっぱいに満たされて——俺はうっとりと快楽に酔い痴《し》れる。

優しいキスが何度も与えられ、彼の舌先に唇をそっとノックされ、俺は彼の舌を迎え入

れるべく、唇を開いた。

彼の掌が脇腹を滑《すべ》り、俺の胸をいじり、小さいながらも存在を主張している乳首を摘《つま》み上げる。

大人しくなった彼を呑み込んだままの秘孔《ひこう》はヒクヒクと収縮を繰り返し、その刺激で、彼の分身が勢いを取り戻していく。

彼は態勢を入れ替えて、今度は俺を組み敷いた。

「愛してるよ、功一くん。あんまり君が愛しくて、一度や二度じゃ終われそうにない……」

明彦さんは俺を抱きしめたまま、また腰を使い始める。

俺は彼の首に両腕を回し、彼の腰に両脚を巻き付け、しっかりとしがみついて、彼が生み出す激しい波に溺《おぼ》れた。


愛されている。

俺はこんなにも、愛されている。

愛する人に心から望まれ、強く激しく求められることで、俺はより大きな悦《よろこ》びを感じることができるんだ。

俺をこんな気持ちにさせてくれるのは、あなたしかいない。

あなただけが、俺を幸せにしてくれる……！

俺はもう、何もかも解らなくなるほど激しく燃えて、燃え尽きた。

この世でただ一人の、愛する人の腕の中で――。

♡ ♥ ♡

元旦の朝は御節《おせち》料理とお雑煮《ぞうに》で始まる。

我が家の雑煮はお澄《す》まし仕立《じた》て。

焼いたお餅を一番下に。続いてかぶ、花形人参《にんじん》、ブリ、赤貝、帆立貝の貝柱などをよそって。その上に正月用の蒲鉾《かまぼこ》や水菜《みずな》を彩《いろど》りよく乗せ、最後にドーンと尾頭《おかしら》付きの車海老《くるまえび》を盛り付ける。

そして蓋《ふた》をして出来上がり♡

去年はまだ離乳食だったみーくんも、今年はすっかり幼児食に切り替わっている。

そこで――。

「はーい、これがみーくんのだよー♡」

海老を剥《む》いて小さく切って、食べやすくしたお雑煮を出してあげたんだけど――。

「やーの！　みーく、こぇがいい！」

俺のお雑煮を指差して、うるうるした瞳でじっと俺を見て文句を言う。盛り付けが違うのがお気に召さないらしい。

「同じものなんだよー」

「やーっ！　みーく、こぇたびるぅ……」

とうとう泣き出してしまった。この頃大人と同じものを食べたがって、困るんだよねぇ……。

「そんなことくらいで泣くな、光彦《みつひこ》！　ほら、よく見ろ！」

明彦さんは、みーくんの目の前で海老を剥《む》き始める。

「お前が欲しかったのはこれだろう？　だが、殻《から》を剥いてしまえばこうなるんだ。解ったら大人しく自分の雑煮を食べなさい」

途端にみーくんは大人しくなった。

「そっか……。剥いて出すんじゃなくて、綺麗な海老さんの盛り付けを堪能《たんのう》してから、剥いてあげれば良かったね。ごめんね」

「謝ることはない。光彦が我儘《わがまま》なんだ」

「我儘じゃありませんよ。当然の欲求だと思います。俺の目にも、剥き身より殻付の海老のほうが美味しそうに見えますもん。あなただって、去年初めてお雑煮の蓋を開けた時、『うわぁ……豪勢《ごうせい》だなぁ……』って喜んでくれたじゃないですか。この車海老がインパクトあったんでしょ？　だから、みーくんが欲しがってるものがすぐに解ったんだ」

俺の言葉に、明彦さんは図星《ずぼし》を指された様子で黙り込む。

「さあ、この話はもうお終《しま》いにして、早く食べましょう。午前中に初詣《はつもう》でに行くんですからね」

俺達は今日、平井さんご一家に誘われて、近くの神社に初詣でに行くことになっている。

十時前に平井さん宅に寄ると、最初に啓介《けいすけ》くんが出てきた。

「どーも、明けましてオメデトウ！」

俺達も年始の挨拶を返していると、続いて和服姿の旦那さんが現れた。

「明けましておめでとうございます」

「おめでとうございます。本年もどうぞよろしくお願い致します」

再び深々と頭を下げ合っていると、最後に平井さん登場！

淡いラベンダーの生地《きじ》に梅の花が描かれた着物を着て、いつもより気合いの入ったメイクをしている。

「うわぁ……素敵ですね、平井さん」

「ありがとう。功一くん、大沢くん、みーくん、明けましておめでとうございます」

「おめでとうございます。でも……びっくりだなぁ……。暮れに『掃除用洗剤の臭気《しゅうき》でかぶれてお化粧できない』って嘆《なげ》いてませんでした？」

「秘密兵器があるのよ」

平井さんがウフフと笑いながら取り出したものは——なんと、みーくんのオムツかぶれの治療にも大活躍した、ファンデーションタイプでベトつかない傷薬だ。

「これを塗って、布団《ふとん》につかないようにティッシュを被《かぶ》せて寝るの。一晩で随分痛みが和《やわ》らぐわ。二日目にはすっかり赤みも引いて、三日もすれば皮膚が再生するのよ」

「へえ……すごいや」

「私、冷え性だから冬場は手荒れもひどいのよ。でも、これを塗って、おやすみ手袋を嵌《は》めて寝たら、翌朝には驚くほどの効果があるの。絶対に手放せないわ～」

俺はふと、母さんの荒れた手を思い出した。

「手荒れって、ハンドクリームを塗るものじゃないんですか？」

「あまりひどい時は、ハンドクリームより傷薬のほうがいいのよ。汗疹《あせも》なんかも、ただれてしまうと痛いでしょ。私は年中これを愛用してるわ。あら、お喋《しゃべ》りしてたらもうこんな時間。急ぎましょう！」

俺達は連れだって神社へと向かった。

元旦の朝ともなると、神社周辺は参拝《さんぱい》客で賑《にぎ》わっている。

拝殿《はいでん》に向かう途中に、心身の穢《けが》れを落とす禊《みそぎ》の場である手水舎《ちょうずや》があり、俺達はまず、この湧水《わきみず》で手を清め、口を濯《すす》ぐ。

「うひゃ、冷たぁ……」

啓介くんが顔を顰《しか》めて呟いた。確かに、真冬の水は冷たくて、キュッと身が引きしまる思いだ。

「ほら。みーくんも、神様の前に行くんだから、お手々キレイキレイしようね」

「うひゃ、ちべたぁ……」

みーくんが啓介くんの口振りを真似《まね》て肩を竦《すく》める。

「じゃあ、神様のところへ行きましょうか。道の真ん中を歩かないようにね。ここは『正《せい》中《ちゅう》』と言って、神様が通る道なの。通り道を塞《ふさ》いだら、神様が『メーッ！』するわよ」

平井さんは真剣な顔でみーくんにそう教えた。

拝殿の前に着くと、各々賽銭《さいせん》箱に賽銭を投げ入れ、鈴を鳴らして二拝二拍手一拝の拝礼《はいれい》をする。

『どうか今年も、明彦さんとみーくんと、三人で幸せに暮らせますように……』

俺はそうお祈りして、今度はみーくんに言う。

「みーくんもやってごらん。このお賽銭をあの箱に入れて、鈴を鳴らして、二回お辞儀《じぎ》をして、二回お手々を叩《たた》いて、お願い事をしてから、最後にもう一回お辞儀をするんだよ」

まだ小さいみーくんは、誰かが抱っこして補助してあげなきゃ、一人でお参りできないんだ。

名付けのあと、生後三十日前後に『初宮参り』で参拝しているものの、みーくんは、物心ついて神社に参拝するのはこれが初めて。『何もかも新鮮』って顔に書いてある。

「みんな、お参りは終わったわね？」

「かーちゃん、オレ、御神籤《おみくじ》引きたい。おゼゼちょーだいませ」

「んもう、お年玉あげたでしょうに」

とかなんとか言いながら、平井さんは家族三人分のお金を財布から出している。

「明彦さん、俺達も……」

「そうだね……」

結局、みーくんを含めた全員が御神籤を引く。

「げっ、オレ『凶』だ！」

いきなり啓介くんが叫ぶ。

「じゃあ、神社の敷地内の木に結んできなさい」

平井さんの言葉に、明彦さんがふと首を傾《かし》げる。

「どうして凶だと木に結ぶんですかねぇ？」

「厄落《やくお》としするためよ。昔から、『誰かに恨《うら》まれていると思ったら、初めて踏み込む林に入って木を掴《つか》め』って言うでしょ」

「あれ……？　でも、藁《わら》人形を打つのも神社の木ですよねぇ？」

「ちょっと、明彦さん。正月早々、そんなおどろおどろしい話題を口にしちゃダメですよ」

俺は慌てて明彦さんの袖《そで》を引く。

「ああ、そうだね。ところで、君は御神籤どうだった？」

「『小吉』です」

「僕は『中吉』だ」

「みーくんは……『大吉』？　すごーい！」

みんなに羨ましがられて、みーくんは理由《わけ》も解らないまま喜んでいる。ちなみに、平井さん夫妻は揃《そろ》って中吉だ。

俺は自分が引いた御神籤に書かれている運勢を読んで、ちょっぴり気が重くなった。

第四十四番　小吉
一時的な低迷期に突入し、悩みの種が次々と発生します。
その場しのぎで躱《かわ》すより、根本的な改善策を考えましょう。

みたいなことが書いてあったんだ。

仕事・交渉、健康・体調、学業・技芸、どれも今一つの運勢で、唯一『恋愛・縁談』だけが良い感じ。

ま、恋愛運が悪いわけないか。俺には明彦さんっていう素敵な旦那さんがいるんだもの。

低迷している運気の原因は――やっぱりアレかな。

でも……改善策なんて、とても思い浮かばない。


お守りを戴《いただ》き、絵馬《えま》を奉納《ほうのう》し、神社を後《あと》にして——。

俺達は平井さんご一家と別れ、マンションに戻った。

ポストを覗《のぞ》くと、年賀状が届いている。

そのほとんどが、当然ながら明彦さん宛で、平井さんと詩織姉ちゃんからは、俺達二人に連名で届いていた。

俺は姉ちゃんからの年賀状にドキッとしたけど、幸《さいわ》いにも、成人式のことには触れてない。

『今度は家族三人で遊びにいらしてください』

そう書いてあるだけだ。

俺が読んでいる年賀状の差出人が詩織姉ちゃんだと気づいて、明彦さんが慌てふためいた。

「しまった……！　年末はつい慌ただしくて手配するのを忘れてたけど、今年こそ君の実家にご挨拶に伺《うかが》わないと……」

確かにその通りなんだけど。俺にはもう、父さん達とやり合う気力なんてない。

「……行かないほうがいいです。去年実家に顔を出した時も、取り付く島もなく門前払いされたんだもの。どうせ挨拶に行ったって、父さんの心を逆撫《さかな》でするだけですよ」

「でも……」

「もう少し時期を待ったほうがいいんです。時節ごとに手紙を出しても、一度も返事をもらえなかったし。きっと捨てられているに違いありません。二人とも……俺達のこと、未《いま》だに許す気になれないでいるんだ……」

明彦さんは苦い表情で俺を見つめている。

俺は彼の瞳を真っすぐ見つめ返せなかった。

「俺には、明彦さんとみーくんがいるもの。ここが俺の居場所です。一年や二年、故郷に帰らなくたっていいじゃないですか。お願いだから——今は俺の好きにさせてください」

逃げたって、何も解決しない。

解ってるけど、どうすればいいか判らないんだ。

俺は何事にもメゲずにいられるほど、強くなんかなれない。

意気地《いくじ》なしだから、根性ないから、こんなふうにしか生きられないんだよ……！

「解ったよ。君の気が済むようにするといい」

明彦さんは、俺の決意の固さを読み取って、この場は退《ひ》いてくれた。

そして俺は、帰省しない代わりに、詩織姉ちゃんに手紙を出したんだ。


詩織姉ちゃん、お元気ですか?

ミレニアムの世紀末も瞬く間に過ぎ行き、遂に新世紀がやってきましたね。

二十一世紀っていうと、どことなくSFチックな響きを感じたものだけど——実際には、去年となんら変わることなく、ちょっぴり拍子《ひょうし》抜けした気がします。

今年は俺自身にとっても節目《ふしめ》の年だけど、いろいろ考えた末、帰省しないことにしました。

親不孝ばかりして、父さん母さんには会わせる顔もありませんし、こちらが会いたいと言っても、きっと会ってはくれないでしょう。

去年の帰省で、実際の距離以上に、心が遠く離れてしまったことを思い知らされました。

折につけ、実家宛に手紙だけは出してきましたが、おそらく開封されることもなく、捨てられているのだと思います。

いつか許される日が来るのか——。

それは判りません。

今、俺にできることは、待つことと、祈ることだけです。

俺は日々幸せに暮らしていますが、故郷のことを懐かしく想わない日はありません。厳しい寒さに思わず身を竦《すく》めた時、母さんの荒れた手を思い出します。「美容師の職業病よ」と笑っていたものですが、母さんは今年の冬も、ひどい手荒れに悩んでいるのでしょうか？

職業病ということは、もしかして姉ちゃんも？

聞くところによると、あまり荒れ方がひどい時は、ハンドクリームより傷薬のほうがいいそうですよ。薬を塗って、一晩手袋をはめて寝るだけで、驚くほど効果があるらしいです。

母さんと姉ちゃんに、平井さんお勧めの傷薬と、遠赤外線繊維を使った就寝時用の手袋を送ります。ぜひ一度使ってみてください。

母さんには、姉ちゃんが買ったことにして渡してくださいね。「俺から」って言うと、きっと受け取ってくれないだろうから。

それでは、まだまだ厳しい寒さが続きますが、お風邪など召しませぬよう、ご自愛《じあい》ください。

二〇〇一年　一月　五日

功一

♡　♥　♡

姉ちゃん宛の手紙にも書いたけど、二〇〇一年は、新世紀というだけでなく、俺自身の節目の年でもある。

俺は今年の三月十七日、二十歳の誕生日を迎えるんだ。

つまり、二〇〇一年一月八日が俺の成人式。

住民票を実家に残して来てるから、一月八日に帰省しないということは、成人式に出られないってこと。

いっそ詩織姉ちゃんにでも頼んで、住民票をこっちへ移すことも考えたけど——そんなことをしたら、ますます父さんを刺激するだけだろう。

本当に、もう二度と実家に戻れなくなる気がして、とても実行できなかった。

成人式なんて、別に絶対出なきゃいけないものじゃない。行かなきゃいいじゃないか。

どうせこっちで成人式に出たって、知らない人ばかり。

独りぼっちで淋しい思いをするくらいなら、行かないほうがマシだ。

俺は本当に、心からそう思っていたんだよ。

だけど、それは俺の勝手な言い分だった。


一月九日、火曜日。

学生達が始業式を迎え、また静かな日常が戻ってきた。

その夜、明彦さんは血相《けっそう》を変えて仕事から帰ってきたんだ。

「お帰りなさい……何かあったんですか？」

「何かあったどころじゃないよ。功一くん、君……今年が成人式だったんじゃないのか⁉」

「ええ。でも……わざわざ行ったたって、退屈な話を聞かされるだけだし……」

「何を言ってるんだ！　一生に一度の成人式じゃないか！　僕は君の晴姿《はれすがた》を楽しみにしていたんだよ！」

（晴姿って……俺は男だから、振袖《ふりそで》を着るわけでもないし、普段の外出着とそう変わらないんじゃあ……？）

だが、明彦さんにとっては、そうじゃなかったみたい。

「知っていたなら、どうして教えてくれなかったんだ!?」

「それくらい、明彦さんもご存じだとばっかり……」

明彦さんは、その瞬間、ガーンとハンマーで後頭部を殴られたような顔をした。

「……知らなかったんだ……。成人式は『満二十歳になってから』だと思ってた……。僕の時代は確かにそうだったんだ！　なのに、いつの間にか日付と一緒に『学年別』に変わっていた！　今日たまたまその事実を人から聞いて、僕は……、僕はぁぁ……ッ！」

滝のように涙を流しながら、明彦さんはガックリと肩を落として打ち拉《ひし》がれる。

「ごめんなさい……。俺、あなたがそんなに楽しみにしていたとは知らなくて……」

「楽しみに決まっているじゃないか！　僕には僕のプランがあったんだ！　なのに……、なのにぃぃ……！」

俺は泣き崩れる明彦さんの傍《かたわ》らで、オロオロと様子を窺《うかが》っていた。

そのうちみーくんまで貰《もら》い泣きを始めてしまい、ますますどうしていいか解らなくなる。

「お願いだから、泣きやんでくださいよ。近所迷惑になりますから……」

「近所迷惑……ああ、どうせ僕は傍《はた》迷惑な男だよ。成人式すら君とは違う世代の、三十代に片足を突っ込んだオジサンだ！」

「何言ってるんです。あなたはまだ二十代じゃないですか。オジサンにはとても見えませんよ」

「それを言うなら、君はまだピチピチの十代だッ！　僕達の間には、『ジェネレーションギャップ』という、長くて深ぁ～い溝《みぞ》があるんだぁぁ～ッ！」

（……んもぅ、子供みたいに拗《す》ねるんだから……）

本当に世話が焼けるったらありゃしない。

「ご機嫌直してくださいよ。俺が悪かったです」

こうなったら、奥の手を使うまでだ。

俺は明彦さんの耳元に口を寄せて囁《ささや》く。

「今夜気が済むまでお仕置《しお》きしてください」

すると、途端に明彦さんは元気を取り戻した。

「いいだろう。覚悟しておきなさい」


みーくんを寝かしつけたあと、俺達は明彦さんの寝室に移動した。

「さあ、功一くん。服を脱いで裸になりなさい」

俺は素直に明彦さんの言葉に従った。

明彦さんは、俺が脱いだパジャマを使って、俺を後ろ手に縛ってしまう。

「座禅《ざぜん》を組んでそこへ座りなさい」

いったい何をする気なんだろう？

不安を覚えながらも、やはり従わざるを得ない。

丸裸で後ろ手に縛られ、ベッドの上に座禅を組んで座った俺を、明彦さんはいきなり俯《うつぶ》せに倒した。

と、突然ピシャリとお尻を叩かれる。

「やだ……、明彦さん、やめて！」

痛いほど叩かれてるわけじゃないけど、これじゃあまりにも情《なさ》けなくて恥ずかしい。

だが、明彦さんは無情にもお尻を叩き続ける。

「黙りなさい。君は本当に反省しているの？　今年が成人式だと知っていながら、僕に黙っていたなんて……僕を蔑《ないがし》ろにしている証拠だ！」

「ごめんなさい。本当に、そんなつもりはなかったんです。黙っててごめんなさい。もう二度とそんなことしませんから……」

明彦さんはようやく、俺の尻を打つ手を止めた。

「解った。これで許してあげる」

俺はようやくこの態勢から開放されると思った。

だが甘かった！

明彦さんは、その態勢のままローションで俺の秘孔《ひこう》を濡《ぬ》らし、背後から挿入を開始したんだ。

「ウソ……！　ちょっと待って……！」

「待てないよ。これもお仕置きのうちの一つだからね」

言うなり、彼は巧《たく》みに腰を使い始めた。

「ああっ、あんっ、アッ……アアン…ッ！」

俺はたまらず嬌声《きょうせい》を上げる。

「いやあ……赦《ゆる》してぇ…ッ、ああ……」

俺はいつもより興奮してしまった。

「赦してほしいなら、根気よく謝りなさい」

「ああっ、ごめんなさい！　ごめんなさい！」

「もう隠し事はしないね？　良い子になると誓うね？」

「誓います！　もう二度と隠し事しませんッ！」

俺は涙ながらに誓いを立てる。

「よし、解った。もう赦してあげるよ」

明彦さんは俺の戒《いまし》めを解き、俺を貫《つらぬ》く凶器を外して、俺をそっと抱き起こした。

そうして今度は向かい合って座り、自分の膝の上に俺を抱き上げ、俺の背中を優しく撫で擦《さす》る。

「よしよし、もう泣かなくていいよ」

明彦さんは、俺の頬に流れた涙の跡を、唇で慈《いつく》しむように辿《たど》っていく。

不思議なほど甘えたい気持ちが込み上げてきて、俺はギュッと彼にしがみついた。

「明彦さん……ごめんなさい……」

「もういいって言ってるだろう？」

明彦さんの唇が俺の唇を塞《ふさ》ぐ。

深くしっとりと吸われて、口腔《こうくう》内を舌先で優しく愛撫され、俺はうっとりと目を閉じ、彼に身を任せた。

「愛してるよ、功一くん。愛してるからこそ、僕は怒ったんだ。黙って一人で抱《かか》え込んでいないで、なんでも僕に相談してほしい。君は——今年が君の成人式だと僕が知ったら、

無理矢理にでも君を連れて、君の故郷に行くと思ったんだろう？」

頷《うなず》く俺の頬をそっと両手で包み、明彦さんは言う。

「僕はそんなにわからず屋じゃないつもりだ。どうしても君が帰省したくないと言うなら、この近所の写真館で記念撮影をして、二人だけで成人式を祝ってもよかったんだよ」

俺はまた、涙が込み上げてきた。

「もっと僕を信じてほしい。僕は……どんな時でも君の味方だ。ありのままの君の心を受けとめてあげる。だから、これからはどんなことも、隠さずに相談してくれるね？」

涙で声が出なくなり、俺はしゃくり上げながら何度も頷いた。

「じゃあ、仲直りしようか？」

明彦さんは俺を花嫁抱きにして、深々と貫く。

「君がどれほど僕を想ってくれているのか……教えて」

乞《こ》われるまま、俺は彼の首に腕を絡《から》め、精いっぱい前後に腰を揺する。

「キスしてくれるかい？」

俺は彼に口づけた。『愛している』という言葉の代わりに。

深く、深く口づけた。

ありったけの想いを込めて——。

3．スイート♡バレンタインデー

瞬く間に一月が過ぎ、二月が訪れ――。

詩織姉ちゃんから、厚みのある郵便物が届いた。

親愛なる功ちゃん
心のこもった小包ありがとう。

お礼が遅くなってごめんなさいね。

お薬と手袋、使わせていただいてるわ。お陰様で、荒れ放題の手も見違えるほどスベスベよ。

お母さんにも、ちゃんと渡しておいたからね。

ご報告かたがた、お礼の品を送ります。

買い物に行った時、バレンタインデーセールが目についたので、ちょっと気が早いけど、チョコレートにしたの。皆さんで召し上がってね。

春の訪れが待たれる昨今ですが、どうかお元気でお過ごしになられますよう……。

かしこ

平成十三年　二月　五日

天野　詩織

姉ちゃんが送ってくれたのは、廉価品《れんか》のチョコレートではなく、『シューベルト』のお高いチョコだった。

（うわぁ……なんだか申し訳ない気がするよ……）

俺はシューベルトのバレンタインギフトを眺《なが》めながら、時の流れの速さを実感する。

（そっか……もうすぐバレンタインデーなんだよねぇ……）

今年はどうしよう？

そう思った時、電話が鳴った。

『もしもし、功一くん？』

平井さんからだ。

『今週の日曜日、バレンタインチョコを買いに行きたいんだけど……よかったら、一緒に行ってもらえないかしら？』

それは、去年は俺から切り出した頼み事。

まだまだアツ～い新婚気分に浮かれていた去年の今頃、俺は明彦さんにバレンタインチョコをプレゼントして、甘～い夜を演出したいと思ってた。

でも、さすがに女の子の群れの中に、男一人で混ざる勇気なんてない。

だから、平井さんに一緒に行ってもらったんだ。

今年もお願いするつもりだったけど、気を利かせてくれたみたい。第二週目の日曜日、平井さんと二人でショッピングに出かけることになった。


バレンタインセールで賑《にぎ》わうデパートの催事場《さいじじょう》。

多種多様のチョコレートギフトが並び、主に若い女性達が、用途に合わせたチョコレートを選び、買い求めていく。

そんな中に混ざるなんて、去年はすごく恥ずかしかった。

でも、今は『奥さん』するのに慣れちゃった……っていうか、みーくん連れて買い物に行くと、必ず『奥さん』って声かけられるんだもん。この中に混ざってても違和感ないって、いい加減自覚したよ。

(今年はどんなチョコにしようかなぁ……?)

たくさんあって目移りしちゃうけど、迷うことすら楽しくて。

「あっ、これ……」

懐かしいものを見つけた俺は、思わずそれを手に取り、じっと見入ってしまう。

「思い出しちゃうなぁ……。去年はこの、イワトビペンギンのアニマルチョコをみーくんにあげたんだっけ……。すごく喜んでくれたけど、舐《な》めてるうちになくなっちゃって、みーくん、大泣きして——慌てて似たような人形を買ってあげたけど、今度は味がしないから気に入らなくて、やっぱり泣かれて……」

俺の呟きに、平井さんもつい笑みを誘われたらしい。

「去年はまだ、一歳四カ月だったものねぇ……。ものの道理が解らなくても当然よ。だけど今年は、もうそれなりに理解できるんじゃない?」

「ええ。でも……やっぱりキャラクターチョコはパスかな。こっちの、アニマルカップに入ったチョコにしよう。これなら、カップまでなくなって、大泣きされることもないだろうし……」

「そうね、それがいいわ。うちは今年も、主人にはお煎餅《せんべい》ね。あの人甘いもの苦手だから……。みーくんにはお菓子の家。啓介には……生チョコにするわ」

俺はふと、包装されてない見本の生チョコを手に取り、パッケージに書いてある成分表を見た。

「やっぱり。これ……リキュールが入ってますよ」

「だったら尚さらこれがいいわ。あの子ったら、甘酒とか卵酒とか作ってやると喜ぶし、梅酒やかりん酒を漬けておくと、ちょっとずつ減ってるみたいなの。くすねて飲んでるんじゃないかしら？　まだ未成年だから飲ませないようにしてるけど、主人が晩酌《ばんしゃく》してるのを、いつも羨《うらや》ましそうに見てるのよねぇ……」

平井さんはしみじみと、慈愛《じあい》に満ちた微《かす》かな笑みを浮かべて言う。

「高校生って、大人ぶってみたい年頃ですもんね」

「功一くんもそうだった？」

「俺は……お酒とかはあんまり……。もうすぐ解禁になるけど、特に感慨《かんがい》はありませんね。タバコも苦手だし。明彦さんが吸わない人でよかったです」

俺の言葉に、平井さんは、今度は軽やかに声を立てて笑った。

「大沢くんは、タバコが大嫌いですものねぇ……」

「ええ。肺ガンになるために、わざわざお金を使うなんてバカらしいって。それに、タバコを吸わない人には耐性《たいせい》がないから、喫煙者《きつえんしゃ》が撒《ま》き散らす煙が、吸ってる本人以上に有害らしいですよ。『麻薬同様取り締まるべきだ!』って、よく怒ってます」

「じゃあ……シガレットチョコだけはやめたほうがよさそうね。嫌がらせになっちゃうもの」

「そうですね。いっそ俺も生チョコにしようかな……。明彦さん、食べないことはないけど、あんまり甘いものは好きじゃないから……量的には少なめのヤツで……」

「スイートとホワイトと紅茶と抹茶の詰め合わせもあるみたいよ」

「どうせなら、いろいろ入ってるほうがいいですよね。うん、これにしよう!」

俺達は各々目当てのチョコを買い、混雑している売り場をあとにした。

♡ ♥ ♡

それから二日後——バレンタインデー当日。

午後三時頃、平井さんが我が家を訪れた。

「いらっしゃい、平井さん。寒かったでしょ。炬燵《こたつ》にでもあたってください。温かい飲物でも淹《い》れますね。コーヒー、紅茶、日本茶、どれがいいですか?」

「今日はコーヒーをお願い。薄目のブラックでね」

平井さんは血糖値がやや高いのを気にして、最近は糖分を控《ひか》えているらしい。

俺はミルク入りコーヒー、みーくんには甘い紅茶を淹れ、三人で炬燵を囲んで座る。

みんな揃って落ち着いたところで、平井さんは「じゃぁ～んッ！」と効果音つきで、トートバッグの中から【お菓子の家】を取り出した。

「ほ～ら、みーくん。おうちの中に何が入ってるかなぁー？」

思わせぶりな様子で、平井さんは家の形をした箱の、屋根の部分を開いていく。

「きゃあー♡」

箱の中に詰まっているチョコレートを見た途端、みーくんは奇声を発して大喜び！

「よかったねー、みーくん」

お菓子の家に入っていたのは、直径二センチくらいのトリュフチョコだ。ココアパウダーを塗《まぶ》したチョコボールや、表面に渦巻き模様が入ったチョコ、柔らかめのチョコを流し込んだチョコレートカップなど、三種類ある。

真空《しんくう》パックの封を切ってやると、みーくんは早速チョコに手を伸ばし、一つ口に入れた。

すると、うっとり幸せそうな『美味しい顔』になる。

「美味しい？」

俺の問いにコックンと頷くと、みーくんはまたもや箱に手を伸ばし、チョコレートを口に運ぶ――かと思いきや、俺に向かって差し出した。

「くれるの?」

頷くので、お礼を言って受け取る。

すると今度は平井さんにも。

「あい♡」

「まー♡　ありがとう、みーくん♡」

平井さんも、チョコを受け取って口に運ぶ。やや高めの血糖値は――この際目を瞑《つむ》ることにしたらしい。

俺達は世間話を交わしたり、みーくんの遊びに付き合ったりして、一時間ほど寛《くつろ》いでいた。


そうして瞬く間に時間は過ぎ、不意にみーくんが立ち上がって言う。

「こーちくん、おしゃんぽ♡」

時計の針は四時を示している。

「ああ、そろそろタロが公園に来る頃だね」

タロというのは、ご近所に住む金成《かねなり》というお爺《じい》ちゃんが飼っている、年老いた柴犬だ。

みーくんは、子供好きで優しく気立《きだ》てがいいタロに懐いている。

そう。タロが懐いているのではなく、みーくんが懐いているんだ。タロは子守をしているつもりで、みーくんと遊んでくれている……って感じかな。

「みーくん、時間に正確なのねぇ……」

感心した様子の平井さんに、俺は笑いながら答えた。

「腹時計を使ってるんですよ、きっと……。朝も決まった時間に目を覚まして『ぐぁん！』って言うし……」

「じゃあ、私はそろそろお暇《いとま》するわね。一緒に散歩に行きたいところだけど……寒いのは苦手だから」


連れだってマンションを出た俺達は、途中まで一緒に歩いた。

分岐点《ぶんきてん》で平井さんと別れたあと、みーくんと二人でまっすぐ公園に向かう。

大通りから左に曲がると、すぐに公園の入口が見える。

タイミングよく、道の向こうからお爺ちゃんとタロがのんびり歩いて来るのも見えた。

「タロ！」

みーくんは手を振りながら、トテトテと駆け寄っていく。

俺も急いであとを追う。

「やあ、坊や。今日も元気だのぉ」

お爺ちゃんは、皺《しわ》だらけの顔をますます皺くちゃにして微笑《ほほえ》む。

「みーく、げんきの。こーちくんも、げんき」

そう答えてから、みーくんは突然ポケットを探《さぐ》り、丸くて茶色い塊《かたまり》を取り出した。

「あい」

お爺ちゃんは無言のまま、固まったように、じっとそれを見つめている。

「みーくんったら……いつの間にチョコをポケットに入れてたの？」

俺の言葉に、お爺ちゃんは肩の力を抜いて笑った。

「ああ、チョコレートか……。わしゃ、てっきり……」

濁《にご》した言葉は、敢《あ》えて追求するまい。

「今日はバレンタインデーだから、平井さんがチョコレートをくれたんです。きっと、おすそわけのつもりで持ってきたんでしょうね」

「嬉しいのう。この歳《とし》になると、バレンタインチョコなんぞ、もらうこともないでなぁ」

お爺ちゃんはニコニコしながら、みーくんから裸のチョコレートを受け取っている。

俺は内心『しまった！』と思った。こんなことなら、ちゃんとギフト用のチョコを買って、みーくんに持たせればよかった。来年からは絶対そうしよう。

みーくんは無邪気に、タロにもチョコをあげようとした。

「あっ！　ダメだよ、みーくん。タロはチョコ食べられないの」

「のーして？」

「ワンワンはね、チョコを食べると病気になっちゃうんだよ。人間だって、どんなに大好物の美味しいものでも、食べると病気になっちゃうから、我慢している人がいるの。本当は平井のおばちゃんにも、チョコをあげちゃいけなかったんだ」

ちょうどいい機会だから、よく言い聞かせておかなくちゃ。またみーくんが、平井さんに『ありがた迷惑』なことをやらかしたら困るもの。

みーくんは、解ったんだか解らないんだか、難しい顔でじっとチョコを見つめながら、何やら考え込んでいた。


公園から帰ると、遊び疲れたみーくんは『おねむ』の時間。

俺はその間に夕飯の支度をする。

今日の夕飯は、コーンクリームシチューとスペイン風パエリア。酒の肴《さかな》は、鯖《さば》の蒸し煮ラビゴットソースで決まりだ。

キッチンからの匂いに誘われて、みーくんが涎《よだれ》を垂《た》らして起き出す頃、明彦さんが帰ってくる。


「ただいま、功一くん」

「お帰りなさい、明彦さん。はい」

俺は彼を出迎えるなり、『ちょうだい』のポーズで、サッと両手を差し出した。

「え…っ、なんだい？」

明彦さんは、ギョッとした様子でそんなことをした理由を問う。

「何って、チョコレートですよ。会社でもらって来たでしょ？」

「ああ、義理チョコのことか。一瞬ドキッとしたよ。僕はホワイトデーに返すもんだと思って、君に買ってなかったから……」

明彦さんはホッとしたように、会社でもらったバレンタインチョコを取り出した。

俺はそれを受け取るなり、すべてチェックを入れる。

去年もそうだったけど——これが義理チョコなワケないじゃない。パッケージを見ただけで、気合いの入れ方が解るってもんだ。

だいたい考えてもみてよ。コブつきとはいえ、これだけのハンサムで、性格もよくて、設計事務所でも一目《いちもく》置かれる存在で、才能もお金もある、まだギリギリ二十代の独身男、女の人が放っておくと思う!?

案の定、本命向けのカードが添えてあり、俺はこっそりとカードを握《にぎ》り潰《つぶ》した。

悪いけど、カードもチョコも、明彦さんには渡さないよ。みんな始末《しまつ》してあげる。

「これ、みーくんのおやつにしていいですよね」

明彦さんは、俺の内心の呟《つぶや》きに気づくはずもなく、ニッコリ笑って言う。

「そのつもりだよ。僕は甘いものはそれほど好きじゃないし、君からのチョコさえあれば充分だ。今年もくれるんだろう?」

「ええ。俺からの、甘く蕩《とろ》ける生チョコレート、受け取ってください」

「嬉しいな。僕は生が好きなんだ」

「なんですか、そのエッチな笑い方は……」

「エッチだから」

ヒソヒソ小声で囁き合っていると、みーくんがチョコレート目がけて突進してくる。

「みーくも～！　ちょこでーと、ちょーだぁい！」

「みーくんのも、ここにちゃんとあるよー♡」

俺は慌てて、チョコレート入りのアニマルカップを取り出して見せた。

「あーっ！　ワンワンだ！」

「違うよ、みーくん。これはトラさん」

全体的に黄土《おうど》色《いろ》っぽい地《じ》色のカップは、持ち手が尻尾《しっぽ》に見立ててあり、反対側には、耳型の突起までついたファンシーな顔が描かれている。縞模様さえなかったら、確かに犬にも見えるけど――これはどう見ても虎《とら》だ。

「とぉさん？」

みーくんはキョトンとした顔で聞き返す。

「そうだよ。今日はもう、たくさんチョコレートを食べてるから、チョコは明日のおやつにして、トラさんカップでお茶々を飲もうか？」

「うんっ！」

上手くチョコレートから注意を逸《そ》らすことができ、俺はホッとした。

だって、鼻血ブーされたら困るもん。栄養のバランスやカロリーオーバーも心配だし、欲しがるままに与えるわけにはいかないよ。

一家団欒《だんらん》の楽しい食事を終えると、明彦さんは、毎晩お約束の台詞《せりふ》を言う。

「おい、光彦。パパと飛行機ごっこしよう。来い！」

この『～ごっこ』のところはいくつかバリエーションがあるんだけど。

組んず解《ほぐ》れつ、体を動かして遊ぶのが好きなみーくんは、もう大はしゃぎ。キャーキャー言いながら、明彦さんと一緒に席を立つ。

「離陸しま～す！　３・２・１・ＧＯ!!」

明彦さんはみーくんを抱き上げ、頭上に掲《かか》げて歩きながら、ゆっくりと高度を変えていく。

「乱気流に突入しました！」

とかなんとか言いながら、今度は乱暴に揺すってみたりして。

俺にはとても真似できないけど、明彦さんはたくましいから、力業《わざ》もへっちゃら。空中ブランコとか、人間滑り台とか、いろんな遊びに、いつもみーくんが飽きるまで付き合ってあげている。

微笑ましい父子《おやこ》の姿を横目でチラと眺《なが》めながら、俺は風呂に湯を張り、後片づけや明日の下拵《したごしら》えをする。

「明彦さん、そろそろお風呂入れますよ」

「よーし、今度は風呂場で『潜水艦ごっこ』だ♪」

実際、彼のタフさは尊敬するやら、呆《あき》れるやらだ。

まあ……思いっきり遊んだ分だけ、疲れて早く寝てくれるから、助かるけどさ。


それから小一時間ほどして、二人がリビングに戻ってきた。

俺はみーくんを見て、思わずギョッとした。

「みーくん、パジャマの上が後ろ前だよ」

みーくんは、この頃ようやく、簡単な服なら自分で着られるようになった。とはいえ、放っておくと前後を逆に着たり、裏返しに着たりしてしまうんだ。

「明彦さん、気づかなかったんですか?」

「気がついたけど、コイツちっとも言うこと聞かないから、放っておくことにした」

几帳面《きちょうめん》なわりに、こういうことは気にしない人なんだよねぇ。

でも、俺は気になる！

「みーくん、手品《てじな》するよ。お手々を抜いてぇー。クルッと回してぇー。腕を通してぇー。ハイ、でき上がり」

俺は、被《かぶ》ったままのみーくんのパジャマを百八十度回転させて、正しく腕を通させた。

「こーちくん、しゅご～い♪」

みーくんはキャッキャとはしゃぎながら、俺を尊敬の眼差《まなざ》しで見つめている。

いや……別に……こんなの、すごくもなんともないんだけどさ。

「じゃあ、俺はこれからお風呂に入ってくるね。お布団敷いておいたから、お布団の中で、パパに絵本でも読んでもらってて」

「はーい！」

良いお返事を聞きながら、俺はにんまりほくそ笑む。

(俺がお風呂から上がる頃には、きっともう寝てるだろうな……)

赤ちゃん期を卒業したみーくんは、今は子供部屋で、ダブルサイズのソファーマットレスに布団を敷いて寝起きさせている。

みーくんが眠るまで、俺か明彦さんが添寝《そいね》してやって、いったん明彦さんの寝室で夜の時間を過ごしたあと、俺だけ子供部屋に戻って寝るのが、お決まりのパターンだ。

（さ～あ、ピカピカに磨き上げるぞぉ～♡）

だって……このあと、明彦さんと♥♥♥だもん♪

子供の前では自粛《じしゆく》してるけど、本当は俺だって、明彦さんとイチャイチャするの、すっごく好きなんだ。

もし俺が女性なら、ここまで『子供の目』を気にしなかったと思う。

でも――俺、男だし……気にしないワケにはいかないよ。

明彦さんとの関係は、表向きには、あくまでも遠い親戚。もしくは、ベビーシッター兼家政夫と、その雇主《やといぬし》だもんね。

本当の関係を、みーくんには絶対に知られちゃいけない。なんにも解らない赤ちゃんならまだしも、物心《ものごころ》つき始めたみーくんは、片言《かたこと》とはいえ言葉を話せるんだもん。

これってすごく恐ろしいことだ。まだ分別はつかないから、何も考えず、見たことすべてをペラペラ話して回るに違いないもの。

喋《しゃべ》る相手が平井さん一家ならまだいい。どうせ何もかも知られてるから。

だけど――もし、何も知らないご近所さんに、真実を暴露《ばくろ》されたら――。

間違いなく、明彦さんの社会的信用はガタ落ち！

みーくんだって、きっと『ホモ夫婦の息子』とかって、苛《いじ》められちゃう！

想像しただけでゾッとするよ。

だから、明彦さんにもビシビシと、みーくんの前でおかしな素振《そぶ》りをしないよう、きっちり躾《しつけ》させて戴《いただ》きましたとも。

今じゃすっかり、不意《ふい》討《う》ちの『お帰りのキス』も、エッチな手つきの『お触《さわ》り』もしなくなりました。大した進歩でしょ？

イチャイチャするのは、明彦さんの寝室だけ。

それが俺と明彦さんのお約束になっている。

裏を返せば、彼の寝室へ行くってことは、『いつでもＯＫ♡　来て来てぇ♡』って言ってるようなもの。

だから俺、いつもお風呂タイムは時間をかけて、全身くまなく磨《みが》き上げてるんだ。


風呂から上がると、たっぷり一時間半は経《た》っていた。

みーくんを寝かせている子供部屋は、リビングに続くドアの向こうに入り口がある。

俺はリビングに続くドアを開けた。

すると――明彦さんのシブイ歌声が、微《かす》かに聞こえてきたんだ。どうやら子守歌でも歌っているらしい。

――と思ったら、おいおい～☆　これって、子守歌は子守歌でも演歌だよ～。幼児《ようじ》にこんなの聞かせてどうするの～☆

以前はカラオケとか苦手で、歌自体あまり歌う人じゃなかったんだけど、この頃ちょくちょく演歌を口ずさんでるんだよね。

俺としては、あの痺《しび》れるほど甘く艶《つや》っぽい声で、ラブバラードでも歌ってほしい。デュエットできたら最高なんだけど――演歌以外はド下手《へた》なんだよね……。

俺はそぉ……っと和室の前まで忍び足で歩き、立ち止まって声をかけた。

「明彦さん……」

明彦さんは『静かに』と身ぶりで伝えてくる。

室内を覗《のぞ》いてみると、みーくんはもう、すやすや寝息を立てていた。

(演歌でも、ちゃんと子守歌になるのか……☆)

ゆっくりと起き上がった明彦さんが俺を促《うなが》し、共に忍び足で寝室に移動する。

寝室の鍵を閉めると、俺達は密《ひそ》やかに微笑み合い、しっかりと抱き合う。

「この時間が待ち遠しかったよ……」

「俺も……」

そしてどちらからともなく口づけ、恋しい人の唇の甘さを堪能《たんのう》する。

「チョコレートより、君のほうがずっと甘い……」

クサイ台詞《せりふ》も、明彦さんが囁《ささや》けば、心震《ふる》わせる殺し文句だ。

「どこもかしこも、全部甘いよ……」

俺のパジャマを剥《は》ぎ取りながら、明彦さんの唇が素肌を撫《な》でていく。

感じやすい部分は特に念入りに、キスマークが残るほど強く吸い、甘咬《が》みして、優しく舐めては弄《もてあそ》ぶ。

「功一くん。このまま後ろを向いて。ベッドに手をついて、腰を高く上げてごらん」

「そんなカッコ……恥ずかしい……」

「恥ずかしいなんて言ってたら、君を愛してあげられないよ。君も僕を愛してくれているんだろう？」

「ああ……愛してます！　明彦さんッ、俺を愛してください……！」

俺は明彦さんに言われた通り、ベッドに手をついて四つん這《ば》いになる。

明彦さんは俺の秘孔《ひこう》に触れながら、セクシーな声で囁く。

「君のココ、僕を待ち侘《わ》びてるみたいに綻《ほころ》んでる。どうして？」

それは――お風呂に入った時、洗うついでに指で広げて準備したからだ。

「自分でしたの？　僕がしてあげるのに……」

「だってぇ……そんなにゆっくりできないじゃない。みーくんが目を覚ますかもしれないから……」

みーくんのトイレトレーニングは順調で、最近は夜中に必ず目を覚まし、尿意《にょうい》を訴《うった》えるようになってきてる。その時ちゃんとトイレに連れていってやると、お寝ショしないで済むんだ。

「できることなら、こんな夜くらい、時間をかけて愛し合いたいよ……」

明彦さんはため息交《ま》じりに呟《つぶや》く。

「俺だって、たまにはあなたとゆっくりしたいですよ。でも、俺はみーくんのママなんだもん。みーくんのことも、ちゃんと面倒見てあげないと」

「息子の成長は嬉しいけど……複雑な気分だな」

「愚痴《ぐち》ってる間に、タイムオーバーで不発に終わるかもしれませんよ」

目を覚ます時間がいつも同じなら、こんなに慌てなくて済むんだけど――みーくんってば、この頃わざと邪魔してるみたいに、ランダムに目を覚ますんだよね。

「じゃあ、功一くん。悪いがこのまま挿入するよ」

「えっ、このまま……って、このままですかぁ⁉」

明彦さんは立ったまま。俺はベッドに両手をついて四つん這い。

「もっと前に屈《かが》み込んで。ベッドに突っ伏して、お尻だけ高く上げてごらん」

なんだかすごい体位だが、俺は素直に従う。

「行くよ、功一くん」

冷たいローションが俺のお尻をヒヤリと伝っていく。

明彦さんの指がローションを内奥《ないおう》へと送り込み、続いて、明彦さんの巨根が俺の中へと挿入《はい》ってくる。

「あ…っ、ああ……」

相変わらず、すごいたくましさ……。

それに……それに……ああ……！

「明彦さん…ッ、すご……い」

ゆっくりと内部を広げるような旋回《せんかい》運動や、上下、左右の腰の動き。

それが次第に、内奥への深く強い突き上げに変わっていく。

振動でベッドは揺れ、俺は頼りない小船のように、嵐の波間で激しいうねりに翻弄《ほんろう》されてしまう。

「あああ……ッ、イクッ、イクッ、イっちゃうぅッ!!」

はしたないよがり声を上げながら、俺はいつしか、歓喜の樹液《じゆえき》を迸《ほとばし》らせていた。

明彦さんも低く呻《うめ》いて、俺の中に欲望を放った。

「もう一戦交《まじ》える時間はありそうだな」

呟き、明彦さんは俺の腰を抱き寄せ、くるんと向きを変えさせる。

「僕の首にしがみついて」

言われるまでもなく、俺は腰砕けの状態で、彼に縋《すが》らずには立っていられない。

明彦さんはベッドに片足をかけ、俺を抱《かか》えて挿入した。

疲れ知らずでみーくんを重量挙げできる人だから、体力勝負の変わった体位もなんのその。

ここで一緒に暮らし始めて、もう一年以上経《た》つけど、俺達はまだラブラブの新婚さん状態だ。エッチだって、『マンネリ? 何、それ……?』って感じ。

ただ——諸事情により、時間と回数が減ってきたのは、どうにも致し方ない。

それでもきっと、よそ様のお宅より、充実した夜の夫婦生活を送っているんじゃないかなぁ～?

いいえ……よそ様の旦那さんが、どれほど激しく奥さんを求めるのか、俺はまったく存じませんけどね……。

明彦さんは、立てた膝と、俺の腰に回した腕とで俺を支え、俺を柳腰《やなぎごし》の籠《かご》に見立てて揺らし続ける。

「あ…っ、ああ……っ、イイ……」

上下前後に揺すられながら腰を使われ、互いの体に挟まれた性器までもが擦《こす》られて、俺は恍惚《こうこつ》とその刺激に酔いしれた。

「もう……ダメェ…ッ!」

ダメと言っても終わりゃーしない。

二度目の開放を迎えた後、今度はごく普通にベッドの上で。

「イヤッ、ああ…ん、イイ……ッ!」

どっちなんだかよく判らない悲鳴を上げながら、俺は快楽の嵐に呑《の》まれて、無我夢中で身悶《みもだ》える。


今夜はスイート♥バレンタインデー。

幸《さいわ》いみーくんが目を覚ますこともなく、久々にとことん可愛がってもらっちゃった……♡

でも……お願いだから平日はあまり飛ばさないで。

俺、明日の朝起きられるか心配だよ……☆

4．待望のホワイトデー

三月になると幾分寒さが和《やわ》らぎ、公園の木々が芽吹き始めた。

スーパーのレジ近くにある特設コーナーでは、ひな祭りセールが行われ、それが過ぎると、途端にホワイトデーセールに模様替えされている。

（もうそんな時期なんだ……。俺も詩織《しおり》姉ちゃんにお返しを送らないと……）

多分、お菓子は翔《かける》と翼《つばさ》のお腹に納まるだろうから、ハンカチとか、プラスαがセットになったものがいいかなぁ……。

平井さんには——。

（……そういえば、『血糖値が心配』って言ってたっけ……）

下手なものをお返ししては、却《かえ》ってご迷惑かも。

（どうしよう……）

そこでふと、青果売場付近の切り花コーナーが目についた。

（そうだ。当日、お花を買って遊びに行こう！　みーくんが直接お花を渡してあげれば、きっと喜んでくれるに違いないよ！）

詩織姉ちゃんにもお花を贈ろう。

(なんの花にしようかな……？　花言葉とか、調べてみるのも手だよね……)

「みーくん、おうちに帰ってお昼ご飯を食べてから、本屋さんに行こっか？　新しい絵本を買ってあげるよ」

「うん！」

俺は右手に買い物袋、左手はしっかりとみーくんの手を繋《つな》いで、マンションへの帰途《きと》を辿《たど》った。


自宅に帰り着くと、俺はまず一番に、買ってきた食材を冷蔵庫に蔵《しま》っていく。

みーくんはその傍《かたわ》らで、ウロウロ、ソワソワ。

「ねー、こーちくん。おひるぐあん、なにー？」

俺はニッコリ笑顔で答えた。

「そうだねぇ……。ホットケーキでも焼こうか？」

「ホットケーキ♡」

途端に、みーくんは「キャー！」と叫んで躍《おど》り上がり、全身で喜びを表わす。

子供って、解りやすいよねぇ……。

「今日は、ホットケーキになんの絵を描こうか？」

ホットケーキくらいでこんなに喜ぶ理由は、いつもイラスト入りで焼いてあげてるから。

これは以前、テレビ番組で紹介されてたアイデアを、実際に試してみたのがそもそもの始まり。

最初の時は――忘れもしない。みーくんの要望でタロの絵を描いたんだ。出来上がったホットケーキを見て大喜びしてくれたけど、みーくん、いざ食べる段になると泣き出しちゃって。

しょうがないから、代わりに俺が食べようとしたら、今度はすごい剣幕《けんまく》で怒られた。

『タロ、メンメンっちゃダメッ！』

別にタロを苛《いじ》めてるワケじゃなくて、ホットケーキを食べようとしただけなのに――みーくんには、それがとっても惨《むご》いことに思えたらしい。

結局、そのホットケーキをどうしたかって？

腐《くさ》らせるのも勿体《もったい》ないから、タロ本人に食べてもらったよ。

以後、ケーキに描く絵は、食べても可哀想じゃないものだけを選んでるんだ。

ただ——これは明彦さんには内緒だけど、一度だけ、『パパ！』ってリクエストされたんだよね。

前の晩に叱《しか》られてたから、リベンジのつもりだったのかな？

もちろん、俺はリクエストに応《こた》えてあげたとも。

パパの似顔絵入りのホットケーキを二枚焼いて。

俺の分にはこっそり『ＬＯＶＥ』って書き足《た》して。

それを二人でパクパク食べちゃった。『内緒だよ』って約束して、クスクス笑いながら——。


遊び心が加わると、食事がますます楽しくなるよね。

みーくんは今日も、元気よく手を上げて、ホットケーキに描くイラストをリクエストする。

「みーく、カイジューがいい！」

「じゃあ怪獣の絵を描いて、二人で食べてやっつけちゃおう！」

俺はステンレス製の『ボウル』と『ふるい』を取り出して、みーくんに尋ねる。

「この、まあるい器《うつわ》は何かなー？」

「ボウリュ！」

「こっちの大きなマグカップみたいなものは？」

「ふりゅい！」

「よくできました。では、ホットケーキの材料は何か、全部言ってごらん」

「んっとね、こむぃこ！　とね、あまご！　おちゃとー！　ぎゅーにゅー！」

「そうだね。まず、ホットケーキをふんわり美味しく膨《ふく》らませるために、魔法の粉を小麦粉に混ぜるよ」

俺は小麦粉とベーキングパウダーをふるいに入れた。

大きめのお皿の上で、ふるいのハンドルをカシャカシャ握れば、ふるい合わされた粉ができあがっていく。

「みーくもすりゅ！」

「じゃあ、粉を零《こぼ》さないように気をつけてね」

はっきり言って、今の段階じゃ『お手伝い』っていうより、『邪魔されてる』みたいな感じだけど、俺は時間が許す限り、付き合うことにしてる。

こうして一緒に作業することで、物の名前、食べ物が何でできているか、どうやって作っているのかを、教えてあげることができるじゃない？

俺もこんなふうにして、詩織姉ちゃんに料理を教わったんだ。

俺が初めてキッチンに立ったのは、幼稚園の年中《ねんちゅう》さんの時。

当時中学一年生だった詩織姉ちゃんが、ある日いきなり、俺にこう言った。

『功ちゃん。お姉ちゃんと一緒にドーナツ作ろうか？』

俺はままごと遊びの感覚で、喜んで誘いに乗ったさ。

とはいえ、一緒に作ると言ったって、卵一つ満足に割れず、握り潰《つぶ》してしまう俺は、ただの足手纏《まと》いにしかならない。

でも――姉ちゃんは俺が失敗しても怒りもせず、何度でも根気よく教えてくれたんだ。

そうして俺が成長するにつれ、お菓子作りだけでなく、炊事、洗濯、アイロン掛け、掃除のコツまで、なんでも教えてくれた。

いつだったか、詩織姉ちゃんに言われたことがある。

『功ちゃん。あんたは絶対に、女の人に頼らなきゃ、なんにもできない男になっちゃダメよ。自分はピンピンしてるクセに、高熱を出して寝込んでる妻に、平気で「お茶！」とか言う男にだけは、なっちゃダメ』

ちなみに、平気で『お茶！』と言った男は父さんだ。

父さんにだって、いいところはいっぱいある。決して冷酷《れいこく》な人ではないんだよ。

ただ——父さんは、病気のほうが裸足で逃げ出すくらい健康で、病気で苦しんだ経験がないから、他人を思い遣《や》ることができないんだ。

だから、『熱なんか、風呂に入って汗をかけば下がる！』とか、『風邪なんか気力で治せ！ちょっとその辺を走ってくりゃー、すぐに治るんじゃ！』とか、恐ろしいことを平気で言えちゃうんだよね。

普通、そんなことしたら肺炎起こすだけだって。

詩織姉ちゃんは、父さんの心ない言葉の数々に、もっのすごぉ～く腹を立ててた。

『アタシは絶対、ああいう男とだけは結婚しない。ああいう男を育てるつもりもないわ。妻は召使いじゃないし、家事っていうのは、必ずしも《女がしなくちゃいけないこと》じゃないのよ。男だって、いざという時のために、一通りのことはできなきゃ』

俺も姉ちゃんの意見に賛成だ。

なんたって、実際にすごく役立ってるもん。

俺がこうして立派に家事をこなせるのは、姉ちゃんがいろいろ仕込んでくれたお陰だよ。

小麦粉を二回ふるいにかけたあと、俺はボウルに卵を割って解きほぐし、砂糖を加えて五分立てにした。

　みーくんは今度も手伝いたがったけど、幼児の無器用な手つきじゃ、飛び散るだけで上手く泡立たないから、「もう少し大きくなったらね」って言い聞かせて、今は見せるだけ。

「ほうら、お次は魔法のエッセンスをちょっぴり垂《た》らすよ。これはなんの匂いかなー?」

「ばにら♡」

「そう。みーくんの好きなアイスクリームの匂いだね。それと牛乳。これを混ぜたら、三十分お寝んねさせて焼くだけだよ」

　みーくんは今にも涎《よだれ》を垂《た》らしそうな顔でニヘラ～ッと笑う。

「待ち遠しいね。三十分、ただ待ってるんじゃ退屈だから、晩ご飯のあとで食べるデザートを作ろうね」

　俺はそこで、粉ゼラチンを取り出して言う。

「これはゼラチンっていう魔法の粉なんだ。ちょっぴり水を加えてふやかしてから使うの」

　次に、小鍋に水と砂糖とレモンの皮を入れて中火にかける。

「さーあ、何ができるかなー?」

　砂糖が溶けたら、鍋の中にゼラチンを加え、泡ができないように、静かに混ぜながら煮《に》溶《と》かす。

「これはアチチアチチなの。火を使うところは危ないから、みーくんは近寄っちゃダメだよ。いいね？」

「はーい！」

お返事だけはいいけれど、ホントに解ってるのかな～？

この年頃の子供は、まだあんまり信用できないんだ。二歳半を過ぎると、良い悪いの区別はつくけど、それがどうしてなのか……までは解らない。ちゃんと言うことを聞くようになるのは、三歳半を過ぎてからなんだって。

一対一ならまだしも、双生児《ふたご》を抱えてる詩織姉ちゃんは大変だったみたいだ。家事をする時は、双生児の腰に紐《ひも》を結びつけて、ダイニングテーブルの足に繋《つな》いでたらしい。

俺はさすがにそこまでできないから、常にみーくんの動向に目を光らせておかなくちゃ。

「そろそろゼラチンが溶けてきたね。次は、お鍋の中の熱いお汁を布で漉《こ》すんだ。どうしてだか解かる？」

もちろん、そんなこと幼児に解かるはずもない。

だが、俺は敢《あ》えて言う。

「料理っていうのはね、手間をかけた分だけ、美味しく作れるんだよ。漉すと口当たりがよくなるんだ」

口当たり――なんて言葉、みーくんのボキャブラリーにはないだろう。

でも、大人になればいつか解かる。

その時にはもう、忘れてるかもしれないけど――もしかしたら、憶《おぼ》えていてくれるかもしれない。

だって、俺は憶えてる。姉ちゃんの口癖《くちぐせ》。

『いい、功ちゃん。よく憶えておきなさい。料理をする時大切なのは、食べてくれる人に対する愛情なの。少しでも喜ばれたいなら、面倒臭がらないで、きっちり手順を守りなさい』

特に野菜を使って煮物を作る時は、下拵《したごしら》えの段階で灰汁《あく》を抜かなきゃ、悲惨なことになる。

じゃが芋やさつま芋、玉葱《たまねぎ》なんかは、切って水にさらすだけでいいけど、茄子《なす》は塩水。長芋は酢水。里芋は塩を振って、滑《ぬめ》りが出るまでよく揉んで洗って、さらに熱湯で軽く茹《ゆ》でてから使う。

大根を煮るなら米糠《こめぬか》――もしくは少量のお米か、米の磨《と》ぎ汁で下茹《ゆ》でする。

青菜《あおな》は採れたての生命力を蘇《よみがえ》らせるため、調理前に根っ子を水に浸《つ》けておく。殊《こと》にほうれん草は、落ちにくい泥を落とすためにも、この手順は欠かせない。

下拵えだけでなく、食材を入れる順番、調味料を入れる順番、調理する時間も大切だ。それを間違えると、せっかくの料理が台無しになる。

『美味しい料理には、たくさんの気遣いが込められているの。美味しいものを食べた時は、心からの笑顔で《美味しい》って言いなさい。それが、作った人に対する、最高の犒《ねぎら》いなのよ』

詩織姉ちゃんの言葉を噛みしめながら、俺はゼリー液をボウルの中に漉していき、それが済んだら、ボウルの底を氷水で冷やし、あら熱をとる。

「これを、メロンシロップ入りと、グレープフルーツジュース入りと、オレンジジュース入りと、何も混ぜない液に分けるの。そして――」

俺はおもむろにシャンパングラスを取り出した。

「このメロンシロップ入りのを、グラスの三分の一まで注いで、しばらく冷蔵庫に入れておくんだ。待ってる間に苺《いちご》を洗うよ。お昼のデザートは苺ミルクだから」

すると、みーくんはまた、涎を垂らさんばかりの盛大な笑みを浮かべている。

苺ミルクっていうのは、スプーンで潰した苺に牛乳をかけたものだ。みーくんは甘党だから、砂糖か練乳《れんにゅう》を加えてやると、いっそう喜ぶ。

「嬉しそうだねぇ……。みーくん、苺大好きだもんね」

俺はザッと苺を水洗いして、ザルに入れていく。

苺ミルクにする分は、包丁でヘタを取ってデザート皿に取り分け、ゼリーの飾りに使う分はそのまま残す。

「こっちは、さっきのグラスに入れるんだよ。そろそろお寝んねしてるホットケーキを起こそうか」

俺は冷蔵庫からホットケーキの生地を出して、イラスト入りのホットケーキを焼きながら、カラフルな四層ゼリーを作り続けた。冷やし固めては、次のゼリー液を足して冷やす――その繰り返しで、手間も時間もかかるけど、大喜びするみーくんを想像したら、ワクワクしてすっごく楽しい。

段取りよく交互に作業しているうちに、二人分のホットケーキが焼き上がった。

「さあ、食べようか」

「わーい♡」

みーくんの美味しい顔。喜んでいる声。

「おいちー♡　みーく、こーちくんのホットケーキ、だいシュキ♡」

愛しさが込み上げてきて、俺の顔も自然に綻《ほころ》ぶ。

「じゃあ……またホットケーキ作ろうね」

俺の言葉に、みーくんは全開の笑顔で頷いた。

この笑顔が見れるなら、俺は決して、ちょっとの手間を惜《お》しんだりしない。

苺入りの、オレンジ・イエロー・無色・グリーンの四層ゼリーも、みーくんは大喜びで『きぇい、きぇい』ってはしゃいでたし。

晩ご飯の後で出したら、明彦さんも喜んでくれた。

詩織姉ちゃん。俺、あなたの弟でよかった。

あなたの弟だったから、どうやって人を愛すればいいのか、どうすれば人から愛されるのか——日々の暮らしの中から学ぶことができたんだ。

♡　♥　♡

「功一くん、何をそんなに熱心に読んでるんだい？」

明彦さんがみーくんをお風呂に入れてくれている間に、俺は買ったばかりの本を読んでいた。詩織姉ちゃんが持っているのと同じ、花言葉の本だ。

「誕生日ごとの花言葉が書いてある本です。俺は三月十七日生まれだから、『ウォールフラワー』で『愛の絆《きずな》』。あなたは十月二十七日生まれだから、『セキチク』、『苦《にが》い追憶《ついおく》』。みーくんは十月十四日だから『セミバヤ』、『静寂《せいじゃく》を愛する』……ですって」

明彦さんは納得いかない表情で唸《うな》る。

「……君と僕のはともかく、光彦のは『喧騒《けんそう》を愛する』の間違いだろう」

（い……言えてるかも……）

俺はつい吹き出してしまった。

「ところで、どうして急に花言葉を……？」

明彦さんは当然の疑問を口にしたが、それに答えることに、俺はちょっぴり躊躇《ためら》いを感じてしまう。

だって……催促《さいそく》しているみたいじゃない？

でも、言い渋《しぶ》るのも変だから答える。

「もうすぐホワイトデーだから……詩織姉ちゃんに、花でも贈ろうと思って」

「ホワイトデーのお返しって、花でもいいのかい？」

「……っていうか——平井さんが甘いものを控《ひか》えてるでしょ。悩んだ挙げ句、花に決めたんだけど——どうせなら詩織姉ちゃんにも、誕生花を取り入れた花束にしようかなぁ……なんて……。ほら、全国配送してくれるチェーン店があるじゃない？」

「なるほど。それで……詩織さんの誕生花はどういう内容だったの？」

「詩織姉ちゃんは七月十八日生まれだから、誕生花は『紅紫のストック』。花言葉は『信じてついていく』」

明彦さんは、今度は感心したように一声唸った。

「そりゃまた……姉御肌の詩織さんに贈るのに、ピッタリの花じゃないか？」

「でしょでしょ！　詩織姉ちゃんって、見るからに頼もしくて、信じてついていきたくなるタイプだよね」

「ああ……そうだね。とても頼もしい女性だ。僕が君の家にご挨拶に伺《うかが》った時も、詩織さんだけが、君を諭《さと》すように励まして、僕達を温かく送り出してくださった。こうして君と幸せに暮らしていられるのも、すべて詩織さんのお陰だ。言葉ではとても表わせないほど感謝している」

「明彦さんがそう言ってた……って、手紙に書き添えておくよ。ところで——明彦さんは、会社の女の人達に、ホワイトデーのお返し、どうするつもりなの？」

実を言うと、それがずっと気になってたんだ。

おまけに、お返しは花でもいいのか——なんて言われたら、ますます気になるじゃない？　義理返しだと解っていても、明彦さんが個人的にお返しするのは抵抗があるし。ましてや花なんて贈ってほしくない。絶対に誤解されちゃうよ。

明彦さんは微笑みながら答える。

「ああ、それなら……今年も『男性社員全員で、まとめて義理返しをする』ってことになってるから」

俺はホッと胸を撫で下ろした。

そして翌日、俺は早速花屋さんに行ったんだ。

「切り花の花束を配送してほしいんですが、こちらの要望通りの花をアレンジしていただけます？」

「ええ、まあ……ポピュラーな花とか、今が開花期のものなら、多分ご希望に添えると思いますよ」

「贈りたい人の誕生花が紅紫のストックで、俺の誕生花がウォールフラワーだから、この二つはどうしても入れたいんです。あと、できればボケの花——同じ株の同じ枝に、赤、白、ピンクの花を咲かせるのがあるでしょう？」

「ああ、東洋錦《にしき》ね。春咲の代表的な品種だ」

それから――。

「あと……もう一つ、エリカを入れてください」

俺の注文は、そう難しいものではなかったようで、どうにかすべて応じてもらえた。

「送り先はここで、三月十二日が配達希望日です」

ホワイトデーに先駆けて贈るのは、三月十二日が月曜日で、美容院の定休日だから。

当日自宅にいてくれるよう、念のため葉書も出しておく。

親愛なる詩織姉ちゃん
バレンタインチョコ、ありがとうございました。大変美味しくいただきました。

お返しにお花を贈ります。十二日に届きますから、午前中は家にいてください。

贈った花には、姉ちゃんの誕生花と俺の誕生花が含まれています。

姉ちゃんの誕生花の花言葉を見て、明彦さんが、「詩織さんに贈るのにぴったりだ」と言いました。「言葉ではとても表わせないほど感謝している」とのことです。俺も同じ気持ちでいます。

二〇〇一年　三月　五日

功一

♡ ♥ ♡

そうして遂に、ホワイトデーがやってきた。

笑顔で明彦さんを職場に送り出した俺は、平井さんが朝の忙しい時間を乗り切って、ホッと一息ついている頃を見計らって、電話をかける。

「平井さん、功一です。今日、午後からみーくんと遊びに行ってもいいですか？」

『ええ。お昼ご飯はどうするの？』

「食べてから行きます。二時ぐらいでどうでしょう？」

『いいわよ。楽しみにしているわね』

アポイントメントを取り付けたので、早速みーくんと二人で花屋へ。

店内には、今日も色とりどりの花が咲き乱れている。

「ねぇ、みーくん。平井のおばちゃんにあげるお花、どれがいいと思う？」

みーくんはすぐに、迷わず指さした。

「こぇ！」

それは可愛らしいガーベラの花。

花言葉は——たしか『天真爛漫《てんしんらんまん》』。

う～ん。いい感じ。

赤にローズにベビーピンク、オレンジも入れて賑《にぎ》やかにして、全体に烟《けぶ》るように霞草《かすみ》を散らせば、ボリュームが出て豪華に見える。

ちなみに、霞草の花言葉は『清き心』。

金色のリボンを結んでもらえば、幼い天使が捧《ささ》げる『真心のお返し』のできあがり♡

午後二時ジャスト。俺はみーくんを連れて、平井さんの住むアパートの前に立つ。

「いいかい、みーくん。おばちゃんが出てきたら、これを『はい』って渡すんだよ」

しっかりと言い含めてから、玄関のチャイムを鳴らした。

「はーい、いらっしゃーい♡」

平井さんは、すぐに朗《ほが》らかに出迎えてくれる。

「あい♡」

みーくんが可愛い笑顔つきで花束を差し出すと、一瞬驚きに目を見開いた平井さんは、次の瞬間、柔らかい微笑みを波紋《はもん》のように顔中に広げていく。

「これ……おばちゃんにくれるの？」

「ホワイトデーのお返しです」

コックンと頷いたみーくんをフォローすべく、俺はそう説明した。

「まあ、まあ、まあ……！　綺麗な花束をありがとう♡」

その時ふと、平井さんの笑顔に、詩織姉ちゃんの面影が重なって見えた気がして——。

俺は心の中で呟いていた。


詩織姉ちゃん。

姉ちゃんのところにも、俺の気持ち、届いていますか？

俺は姉ちゃんの言葉に背中を押され、姉ちゃんの愛情に支えられて、ここまで来ることができました。

いつも逃げること、諦めることしか考えなかった俺が、初めて、親に逆らってまで手に入れた幸せ。

絶対に枯《か》らさないように、もっと大きく育ててみせるから。

誰より綺麗に咲かせてみせるから。

約束します。

俺を慈《いつく》しんで、いつも見守ってくれていたあなたに。

誰よりも広い心で、俺を想ってくれているあなたに……。

♡
♥
♡

やがて夜が訪れた。

俺は明彦さんの帰宅が待ち遠しくてたまらない。

(今年はどんなお返しをくれるのかなぁ……?)

去年のホワイトデーは、啓介くんが中学校を卒業して暇《ひま》そうにしてたし、みーくんを平井さん達に預けてデートしたんだ。

俺達、恋人気分を味わえたのは、プロポーズされた新婚初夜だけだもん。二人きりのデートなんて初めてで、すっごく嬉しかった♡　カップル向けの怪《あや》しい下着屋さんに連れて

いかれたのはビックリしたけど、お洒落なレストランでのランチは最高だったなぁ……♡
今年はホワイトデー前夜に、彼からのアクションは何もなかったし――ハデなことはしないと思うけど、やっぱりワクワクしちゃうよ。明彦さんって、こういうイベントは絶対に外さない人だもん♪

「ただいま、功一くん」

「お帰りなさい、明彦さん♡」

俺はいつもより二割増しの笑顔で出迎えた。

でも――明彦さんはまるで、今日がなんの日か忘れているみたい。そのことにはまったく触れようとしないんだ。

食事のあとも、いつも通り、みーくんと遊んでばかり。

(今この瞬間にも、切り出すチャンスはいくらでもあるのに、どうして……!?)

こっちから催促《さいそく》するのもなんだし、俺はだんだんヤキモキしてきた。

(まあ……まだ『くれない』と決まったワケじゃないか。きっと二人っきりの《夜の時間》に渡してくれるつもりなんだよ)

俺は自分にそう言い聞かせ、どうにか平静を装う。

お風呂から上がると、みーくんを寝かしつけた明彦さんは、今日も眼差しと仕種《しぐさ》で俺を寝室へ誘った。

だが——寝室の鍵を掛けても、まだ明彦さんは知らん顔。ニッコリ笑って、俺にこう言うんだ。

「功一くん、水割りを作ってくれるかい？」

明彦さんの寝室には、ホームバーがある。

俺は少し落胆《らくたん》を覚えながら、水割りを用意した。

「はい、明彦さん。どうぞ」

グラスを手にして振り返ると、明彦さんはそんな俺ごと抱き寄せて、水割りをベッドサイドのテーブル上に置く。

そしていきなりキスしてきたんだ！

唇を舌でこじ開けられ、舌と一緒に硬いものが押し込まれる。

甘いフルーツ味の——。

（キャンディーだ……！）

きっと口移しで渡したくて、今まで待っていたに違いない。

（さんざんヤキモキして……俺、バカみたい……）

フルーツキャンディー味のキスは、いつもよりずっと甘く、うっとりと俺を酔わせる。

豪華なオプションなんかなくても、キスのオマケでお釣りが来るほど、俺は満足した。

甘い余韻《よいん》を残して、彼の唇がそっと離れていく。

そして明彦さんは、いつの間にか手にしていた白い封筒を、恭《うやうや》しく俺に差し出す。

蓋《ふた》の部分に馬車のエンボス加工がしてある、葉書を入れられる洋2型サイズのお洒落な封筒だ。

「開けてみて」

促《うなが》されるまま開いた封筒の中には、二つ折りのカードが入っていた。

カードの表紙を飾っているのは、赤白ストライプのリボンで結んだ二輪の赤いバラの写真。

カードを開くと、几帳面《きちょうめん》さが窺《うかが》える丁寧な彼の字で、こう書かれている。

招待状

来《き》たる三月十七日。
愛しい君の二十歳の誕生日を二人きりで祝いたい。
レストランとホテルを予約してある。
光彦のことは、平井夫人に頼んである。
シンデレラより早い刻限つきだが、二十二時の鐘が鳴るまで、
僕だけの君でいてくれないか？

明彦より　愛を込めて

不意に目頭《めがしら》が熱くなって、俺は涙を零《こぼ》していた。

明彦さんは狼狽《うろた》えた様子で、俺の顔を覗き込む。

「どうして泣くの？　喜んでくれないのかい？」

「だって……あんまり感激しちゃって……」

「功一くん……ッ」

明彦さんは、突然感極《かんきわ》まったように俺の名を呼び、俺を強く抱きしめる。

「愛してるよ、功一くん。どうして君って、こんなに可愛いんだろう……」

「それは俺の台詞です。あなたって、どうしてこんなにキメてくれるの。俺……あなたを知るほどに、何度も何度もあなたに恋しちゃうよ」

俺は震える声で想いを告《つ》げる。

「明彦さん…。俺……あなたを愛してます。あなたに巡り会えて、こうして一緒に暮らせて、とっても幸せです♡」

「功一くんッ！」

明彦さんは貪《むさぼ》るような口づけで俺を酔わせ、俺の体を弄《まさぐ》りながら、ゆっくりとパジャマを脱がしていく。

「ああ……明彦さん……ッ！」

俺も彼のパジャマをもどかしげに脱がし始め、彼に誘われながらベッドに腰を下ろした。

彼の手で乳首をいじられ、平たい胸をマッサージするように愛撫されながら、俺は再び激しい口づけに翻弄《ほんろう》され、我を忘れて身悶《みもだ》える。

蠢《うごめ》く舌先に官能を刺激され、彼を受け入れる部分が熱く疼《うず》き出して、もうどうにも止まらない。

今日はどんなふうに愛してくれるんだろう？

期待に胸を弾《はず》ませていると、突然みーくんの叫ぶような声が聞こえてきた。

「こーちくぅん、どこぉー!?」

俺達は思わず、情けない表情で互いの顔を見合わせる。

「こーちくぅんッ！　おしっこー！」

「うわ……、まずい！　行ってきます！」

俺は慌ててパジャマを纏《まと》い、彼の寝室から飛び出していく。

みーくんは、無人の俺の部屋を覗き込んでいた。

「みーくん、ここだよ」

振り返ったみーくんを抱き寄せ、慌ててトイレに連れ込んで、補助便座《べんざ》に座らせて――

ギリギリセーフ。

「よくできました。偉いね、みーくん」

「みーく、もう赤ちゃんナイもん♪」

みーくんは誇らしげに胸を張ってみせる。

初めて『おしっこ』が言えた時、初めて自分で着替えができた時、俺が『もう赤ちゃんじゃないね。偉い偉い』って褒めたせいか、『もう赤ちゃんじゃない』っていうのが、最近のみーくんの口癖なんだ。

「そうだね。赤ちゃんはとっくに卒業したもんね」

これで添寝《そいね》が要《い》らなかったら、もう言うことナシだけどさー。トホホ……。

せっかくいいところだったのに、夫婦の時間はしばらくお預け。俺はそのまま和室でみーくんに添寝する。

結局、寝かしつけるつもりが俺まで熟睡《じゆくすい》してしまい、気がついたら夜が明けていたのデシタ。

……ガックシ……☆

5. さよなら、十代の俺

三月十七日——俺の二十歳の誕生日。

その日は朝から快晴で、外出するには持って来いの日和《ひより》になった。

明彦さんは、お気に入りのスーツでさりげな～くお粧《めか》しして、いつも通りに家を出た。

多分、みーくんは仕事に行ったと思ってるはず。

俺は朝九時頃、普段着のまま、みーくんに言う。

「これから平井のおばちゃんちに行くよ」

「はーい♪」

何も知らずに笑っているみーくん。

それを見てると良心が痛む。

(ごめんね、みーくん。俺……悪いママだね)

でも——たまには俺だって、『明彦さんの可愛い恋人』になりたいんだ。『奥さん』でも『ママ』でもない、ただの『恋人』に……。

去年はみーくんの気を逸《そ》らして、騙《だま》し討ちで出かけたけど、今年は時間が長いから、さすがにその手は使えない。

（平井さんが困らないように、ちゃんと説得して行かなきゃ）

俺は平井さん宅に着くなり、みーくんの目線に合わせてしゃがみ込み、真剣な顔でじっと見つめて言い聞かせた。

「実はね、みーくん。俺……今日、とっても大事なご用があるの。子供は連れていけないから、平井のおばちゃんちで、いい子でお留守番して……」

だが、みーくんは不満げに訴える。

「ヤダ！　みーくも、ぃくぅー！」

「お願いだから、いい子でお留守番しててよ。みーくん、もう赤ちゃんじゃないでしょ。解ってくれるよね？」

俺の言葉に、半ベソ顔で唇を噛むみーくん。

置いていかれるのは嫌だけど、泣いてグズって『赤ちゃんみたい』と思われるのも屈辱《くつじょく》……ッ！　――ってところかな。

そこで平井さんが助け船を出してくれる。

「大丈夫よねぇ、おばちゃんと一緒だもの。お昼過ぎには啓介も帰ってくるし。啓介が帰ってきたら、みんなで公園に行きましょ。夕方には、タロにだって会えるわよ」

「コーエン？」

みーくんは途端に瞳を輝かせた。

ただでさえ大好きな公園だけど、啓介くんと一緒に行けば、いろいろ遊んでもらえる。それが解っているから、余計に心惹《ひ》かれたんだろう。

「おみやげ買ってくるよ。なるべく早く迎えに来るから、待っててくれるね？」

嫌そうな顔をしたものの、みーくんは小さく頷いた。

「じゃあ、行ってきます。みーくんのこと、よろしくお願いしますね」

「ええ。行ってらっしゃい」

平井さんはみーくんを抱きしめ、みーくんの手を取って、俺にバイバイさせる。

（ごめんね、みーくんッ！　なるべく早く帰るなんて言ったけど、きっと俺、時間ギリギリまで粘《ねば》っちゃうよ。しかも『大事なご用』っていうのは、みーくんを置いてけぼりにして、明彦さんと二人っきりで、ショッピングして、レストランでランチを楽しんで、ホテルでエッチしてくることなの～ッ！）

心の中で懺悔《ざんげ》しながら、俺は後ろめたさから、逃げるようにアパートをあとにした。

大急ぎで向かったのは、明彦さんと待ち合わせている喫茶店。

（喫茶店で待ち合わせ……なんて、いかにも『恋人同士のデート』って感じだよねぇ…♡）

うっとり浸《ひた》りながら歩いているうちに、目指す場所が見えてきた。

通りに面した煉瓦《れんが》造りの建物は、店先に花壇《かだん》があって、軒下《のきした》にも、観葉植物を植えた吊《つ》り鉢《ばち》が下がっている。花と緑に囲まれた、可愛い感じの喫茶店だ。

お店の名は、『フラワーバスケット』。

店内も、その名の通り季節の花が彩りを添え、明るく寛《くつろ》げる雰囲気を醸《かも》し出している。

このお店の自家焙煎《ばいせん》のコーヒーは、美味しいって評判なんだ。メニューを見れば、マスターの拘《こだ》わりがよく解る。種類が多くて、どれにしようか迷っちゃうんだよね。

奥さんの手作りケーキもすっごく美味しい♡

絶対オススメの喫茶店なんだけど――明彦さんのイメージだと、もっと渋いお店のほうがよかった……？

一瞬不安が過《よぎ》ったけど、それは杞憂《きゆう》だった。明彦さんはすっかりここに馴染んでいる。

窓際の席でコーヒーを飲みながら、ぼんやりと花を眺《なが》め、微《かす》かに微笑んでいる二十代後半のエレガントな美青年。

――ハマリ過ぎ……。

そこはかとなくフェロモンを漂《ただよ》わせ、女性客の視線を一身に集めてたりして～☆

（ま……無理もないか。今日の明彦さん、パリッとしてて、一段とカッコイイもん……）

濃い茶色のポケットチーフを覗かせた、柔らかい茶系のスーツ。白に近いベージュのシャツに、ネクタイは鱗《うろこ》みたいな光沢のある黒っぽい柄。時計はデュポン。ゴールドの長方形の本体に、黒の皮ベルトが付いているものだ。

（なんか……お育ちの良い《青年実業家》みたい……）

この人が俺の旦那さんだと思うと、鼻高々って感じだよね。

ただ――俺は今、いかにも普段着のトレーナー&ジーンズ姿だから、ちょっと気後れしちゃうな。

「お待たせ、明彦さん」

「功一くん。光彦の様子はどうだった？」

「渋々だけど、納得してくれました」

俺は彼の向かいの席に腰を落ち着けて、マスターにコーヒーを注文する。

そこで明彦さんは、上機嫌で笑いながら切り出した。

「今日の午前中は、知人が勤めている店に、君のスーツを誂《あつら》えに行こうと思っているんだ。もう二十歳《はたち》なんだから、スーツぐらい持っていたほうが良いからね」

「スーツなんて……就職するワケでもないのに……」

「何言ってるの。冠婚葬祭にはフォーマルが必要だし、改まった席に出る時は、どうしてもスーツが必要になるんだ。ちゃんと君に合うものを仕立ててあげるよ。今日着るスーツは、残念ながら既製品だけど……」

うわ……、仕立てるって、オーダーメイドのことだよね？

そりゃ、俺は華奢《きゃしゃ》で小柄だから、既製品《きせいひん》の紳士服だと、あちこち詰めなきゃ着れないけど……オーダーメイドって、高いんじゃないのかなぁ……？

明彦さんは結構稼《かせ》いでるし、贅沢《ぜいたく》する人じゃないから、たまにポーンと散財したって困らないのかもしれないけど――なんだか恐縮《きょうしゅく》しちゃう。俺はスーツなんて、バーゲンセールの安物で充分なのに。

「好きなブランドとか、希望があるなら言ってごらん」

「……そういうの、全然解んないから……」

「じゃあ、任せてもらっていいね。そろそろ出ようか」

俺達は喫茶店を出て、駐車場に向かう。


繁華街へと車を走らせたあと、明彦さんが俺を連れていったのは、マジでお高そうなメンズショップだった。

「この店は、既製服も扱ってるけど、腕の良い仕立て屋が揃《そろ》ってるんだ。今着てる服も、ここでオーダーしたものだよ。既製服より断然着心地が良いから、僕は『スーツを新調するならここで』って決めてる」

そりゃ……明彦さんは、俺とは逆の意味で、既製服は体に合わないでしょう。若い頃、ガテン系のバイトで鍛《きた》えたたくましい腕も胸板《むないた》も、『脱いでビックリ！』って感じだもん。タッパもあるし、足も長いし、日本人には珍しいタイプだよね。

店の扉を開けると、すぐに店員さんが歩み寄ってきた。

「いらっしゃいませ、大沢様」

大沢様——だって。なんか常連っぽい？

営業スマイルで話しかけてきた店員さんは、二十代半ばくらいの、地味《じみ》めだけど、なかなか端正《たんせい》な顔立ちをしている男性だ。

「先日は、新たに高尾《たかお》様をご紹介いただきまして、ありがとうございました」

「いや、ここで誂えたスーツがいいから、どこで作ったのか聞かれただけだよ」

明彦さんは、後ろのほうで小さくなっている俺の肩を抱き寄せて言う。

「今日は彼のフォーマルをオーダーしに来たんだ。それと、今日すぐに着れるスーツが欲しい。彼はいつもカジュアルな服装ばかりで、こういった服は初めてなんだよ。特に希望はないそうだから、君のセンスで、彼に似合うと思うものを見立ててやってくれないかな」

すると店員さんは、早速お勧めの服を持ってきてくれた。

「今はこういった、Vゾーンの狭い三ツ釦《ボタン》スーツが流行っているんですよ。小柄な方は、ゆったりめのダブルスーツより、シングルのほうがよろしいですし、お色もダーク系より、明るい色のほうが体を大きく見せられます。このスーツにピンクのシャツを合わせて……ネクタイはこれで……いかがでしょう？」

「そうだな。功一くん、ちょっと試着してごらん」

俺は言われるまま、フィッティングルームでスーツ一式を試着して、明彦さんに見せる。

「ああ、いいじゃないか。とてもよく似合うよ」

店員さんは黒い表革の靴を出してきて、俺に履《は》いてみるよう促《うなが》す。

「フットゾーンは、遊びの多いものは避けて、ローファーなどでシンプルにスッキリと。上に視線を集めるように、小物を使うならなるべく上半身に。バッグは小さめのものをお持ちになるとよろしいですよ」

「なるほど。じゃあ……靴はそれ。バッグは……これがいいね」

明彦さんと店員さんは、二人でどんどん話を進めていく。

いや……俺の希望も聞いてはくれるんだけど、もう、『お任せします』としか言えなくて……。

結局、今日着て行くのは、鮮やかな紺色の三つ釦スーツに決まった。シャツは可愛く桜色。ネクタイは、赤に近いほど濃いピンク地に、白い水玉と黄色い小花が規則正しく並んだ模様だ。

「若干お袖《そで》や裾《すそ》をお直ししたほうがよさそうですね。ズボンのウエストも少し詰めましょうか」

店員さんが待ち針を打っていく傍らで、明彦さんは、スーツ姿の俺を眺めて満足げに頷いている。

「このスーツに合わせるシャツとネクタイが他にもほしいな」

明彦さんの要望で、店員さんが見せてくれたものは三種類。

一つ目は、ビビッドイエローのシャツと、濃紺地に黄色と白の細いラインのチェックのネクタイ。

二つ目が、柔らかいグリーン地に、細い白と紺のストライプが入ったシャツと、紺色地に白と黄色の太いストライプが斜めに入ったネクタイ。

三つ目が、ピンク系オレンジにグレーの細かい格子《こうし》が入ったシャツと、布の織り方でチ

ェックの濃淡が出ている黄色地に、小さな黒い四角（よく見ると整然と並んだ九つの丸）が水玉模様のように散っているネクタイ。

「紺色系のスーツでしたら、白やブルー系のシャツと合わせるのが定番です。でも、こちらの方がそういった配色でお召しになると、地味にまとまりすぎてしまいます。小柄な方は、なるべくVゾーンを明るい配色のものにして、アクセントをつけたほうがいいんですよ」

「確かに君の言う通りだね。全部買うから包んでくれたまえ」

「畏《かしこ》まりました。ありがとうございます」

「あとはフォーマルだな」

店員さんは、俺が縫いだスーツを直しに回して、フォーマルウェアのカタログを持ってきてくれた。

「どういった場所でお召しになるご予定ですか？」

「初めてのフォーマルだから、冠婚葬祭、すべてのシーンに対応出来るものを……と思っているんだ」

「オーソドックスなデザインですか……。先程のスーツが三つ釦でしたし、なるべく違った印象のものがよろしいですよねぇ……。こういった、六つ釦のダブルスーツはいかがですか？　脇を絞って重心を高くすれば、ダブルブレストでも良い感じに仕上がりますよ」

「ああ……いいんじゃないかな。功一くん、どう思う？」

店員さんが持ってきてくれたカタログを見て、明彦さんは俺に振るが、俺はやっぱり、こう答えることしかできない。

「お任せします……」

「じゃあ、これでお願いするよ」


採寸《さいすん》を済ませると、俺達はみーくんのお土産を買うため、いったん店を出た。

「ねぇ……今の人、どういう知り合い？」

なんか……オネエ入ってる……ってほどじゃないけど、どう見ても、俺達と同類の匂いがするんだよね。

彼は気づいているのかいないのか、まるでお天気の話でもするような口調で答えた。

「俺が貧乏学生だった頃、よく飯《めし》を食わせてくれた、バイト先の現場主任の息子さんだよ」

（……ってことは、直接の知り合いじゃないんだ。ふ～ん……）

「恩ある人に、『息子にスーツをオーダーしてやってくれ』と言われたら、さすがに断れなくてね。最初は付き合いで一着だけのつもりだったんだ。でも、今じゃ既製品のスーツを買う気になれないよ。いい服は少々値が張っても、高い買い物にならないって解ったからね」

「……やっぱり高いんだ……」

「それほどでもないよ。新規の顧客を紹介するようになって、いろいろ割引きしてもらってるから」

そういえば——あの店員さん、『新たになんとか様をご紹介いただきまして……』とか言ってたっけ。

明彦さんのスーツを見て、『同じ店で仕立てたい』と思う気持ち、なんとなく解っちゃうよ。

俺は改めて明彦さんを眺《なが》め、思わずため息をつく。

（ホンット、カッコいいよォ……♡）

こんなにハンサムで、仕事もできて甲斐性《かいしょう》があって、ドーンと頼れる、真面目で誠実で優しい旦那さん、ちょっといないよ。

少なくとも俺の父さんは、母さんの誕生日だからって、プレゼントを贈ったり、デートに誘ったりする人じゃなかった。

お義兄《にい》さんはのほほ〜んとした優しい人だけど、堅物《かたぶつ》そうで甘いムードとは縁がなさそうに見えるし。個人主義で、一人でフラフラ遊びに行っちゃうことが多いらしい。

「俺って、幸せだね」

頼りになる素敵な旦那さんに愛され、守られてぬくぬくと暮らしていける――なんの不足もない毎日。

これ以上何か望んだらバチが当たりそう……。

「幸せすぎて……恐いくらい……」

呟きながら、俺は静かに微笑んだ。

♡　♥　♡

おもちゃ屋さんでみーくんへのお土産《みやげ》を買って、メンズショップに戻ると、すでにスーツの直しができていた。

俺は買ったばかりのスーツに着替え、明彦さんの車に乗り込んだ。

そこから海に面して建つホテルに移動し、まずはフランス料理のレストランに連れていかれる。

（なんか……去年のホワイトデーより、グレードアップしてるような……）

こういうお洒落なレストランにはあまり縁がないから、ちょっぴり緊張しちゃったけど――明彦さんが慣れた様子で振舞っているし、すぐに俺もリラックスして、食事やムードを楽しむことができた。


食事のあとは、いよいよホテルにチェックイン。

「うわぁー、客室から海が見える！」

なんか……とっても高そうなツインルームなんですけど……。

「どうせ宿泊できないのに、こんな豪華なホテル、勿体《もったい》ないと思わなかったんですか？」

「思うわけないだろう。君の記念すべき二十歳の誕生日なのに。今日から君は、成人した男性だと社会的に認められるんだよ。おめでとう」

レストランでも、『君の二十歳の誕生日に乾杯』とか言われて照れちゃったけど――今もなんだか面映《おもは》ゆくて、俺はまたもや照れ笑いで口元を歪《ゆが》めてしまう。

「ありがとうございます。大人……って言われても、あまり実感ないんですけどね」

「そんなことはないだろう。今日の君は、いつもより少し大人びて見えるよ」

「それは……きっとスーツのせいですよ。『馬子《まご》にも衣装』って言うじゃないですか」

「衣装を変えて、大人びた外見の自分を意識すれば、自然に心が引き締まって、内面まで変わってくるものさ。確かめてみよう。おいで」

明彦さんはライティングデスクの椅子を持って移動し、大きな姿見の前に俺を誘う。

「これが二十歳になった君だ」

鏡の中には、明彦さんの言う通り、（スーツのお陰で）いつもより何割増しか大人びた俺が立っている。

明彦さんは俺を背後から抱くようにして、ゆっくりとスーツを脱がし始める。

まず、上着を脱がせてハンガーにかけ、次にネクタイも外す。

そしてズボンのベルトを外して、合わせを開いてズボンをバサリと足下へ落としてしまう。

靴下ともども足からズボンを抜き取られて。

俺はピンクのシャツと下着だけになり――。

やがてそれすらも剥《は》ぎ取られ、いつしか生まれたままの姿にされていた。

「ごらん。これが二十歳の君だ。スーツなんか纏《まと》ってなくても、僕には眩《まぶ》しく輝いてみえる……。君は僕の宝物だよ」

明彦さんは鏡の中の俺を見つめながら、そお……っと俺の脇腹に手を滑らせ、腹部から胸へと優しく愛撫する。

鏡の中の俺が身を竦《すく》ませ、切なげに眉を寄せた。

「今日の君は、いつにもましてとても綺麗だ……。桜色に上気した肌が艶《なまめ》かしくて……震《ふる》いつきたくなる……」

首筋に唇を押し当てられ、強く吸われて。

俺は感じて身悶えてしまう。

明彦さんは壁際に置いた椅子に座り、そのまま背後から俺を抱き寄せ、膝の上に座らせる。

そして左右外側から、俺の膝の裏側に手を差し入れ、鏡の前で思い切りよく両脚を開かせてしまった！

俺は恥ずかしいところすべてを鏡に映されるという、とんでもない状況に置かれてしまったんだ。

「いや、やめて。こんなの恥ずかしいよ……」

「どうして？　他には誰も見てないのに」

明彦さんは微《かす》かに笑いながら、俺の分身を弄《もてあそ》び始めた。

恥ずかしさにいたたまれなくなり、俺はギュッと目を閉じる。

「ダメだよ。ちゃんと見ていなくちゃ」

そんなこと言われても……。

「恥ずかしがることなんかないんだ。君を愛している僕と、僕を愛してくれている君が、真剣に愛し合っている姿じゃないか」

俺の耳元に唇を寄せ、甘い声で囁きながら、明彦さんはもっと後ろにも愛撫の手を伸ばしていく。

「さあ、目を開けてごらん」

明彦さんの濡れた指先が、彼を受け入れるための入口をくすぐるように刺激する。

「こんなに小さく可愛らしい君の蕾《つぼみ》が、僕の想いに応えるために、いじらしいほど健気《けなげ》に咲き綻《ほころ》んでいくんだよ。とてもすごいことだと思わないか？　僕はそれを目にする度、深い感動を覚えずにはいられない……」

いったいどんな顔でこんな台詞を吐いているのか――彼の顔を見てやりたくて、俺は薄く目を開いた。

鏡に映った彼の表情は、慈しむような、限りない優しさを溢《あふ》れんばかりに湛《たた》えている。

俺を想う情の深さが推《お》し量《はか》れるほどで、胸がキューッと締めつけられてしまう。

理性を焼き切ってしまうほどの、淫《みだ》らな疼きが身の内を熱く焦《こ》がす。

彼の欲望の昂《たかぶ》りまで、ハッキリと肌で感じることができる。

俺はいつしか、恍惚と鏡に映る俺達の姿を眺めていた。

「目を逸《そ》らさず見ていてごらん。僕達が一つに結ばれる瞬間を。現在の君の瞳に、しっかりと焼きつけておくんだ」

明彦さんは自らの欲望を剥《む》き出しにして、俺の秘密の入口を押し開き、ゆっくりと埋《うず》めていく。

見ているだけで、俺はますます興奮してしまった。

なのに彼は、そこで動きを止めてしまい、結合した二人の姿をじっと見つめているばかり。

俺はたまらず、縋《すが》るように鏡の中の彼に向かって訴える。

「明彦さん、お願い、焦《じ》らさないで……」

彼は甘くセクシーな声で、俺の耳元で囁く。

「もっと愛してほしいかい？」

「愛して……！　もっともっと、激しいくらい俺を愛して！」

俺は切迫した声で叫ぶ。

すると、彼は俺の両足をグッと抱えて、捏《こ》ね回すように揺すり始めたんだ。

「はぁぁ……んッ！」

前後左右に揺さぶりをかけ、或《あ》いは滑らかに旋回させ、ランダムに速度を変えながら、俺を抱え上げては落とす。

あまりの歓喜に、俺はクラクラと眩暈《めまい》を覚えた。

鏡の中の俺は、彼を身の内に迎え入れたまま、うっとりと悦びに浸っている。

普段の俺とは別人のような顔。

今まで知らなかった俺の顔——。

(俺はいつも、明彦さんに抱かれて、こんな顔しているんだ……)

気恥ずかしさとともに、不可思議な感慨が胸に広がっていく。

「綺麗だよ、功一くん」

彼の囁きを聞きながら、俺はいつしか絶頂を極めていた。


「功一くん、一緒に風呂に入ろう」

ぐったりした俺を椅子に座らせ、バスルームで手を洗ってきた明彦さんは、鼻歌交じりに衣服を脱ぎ捨てながらそう言った。

一糸《いっし》纏《まと》わぬ素裸になると、彼は嬉々として俺を抱き上げ、バスルームに連れていく。

「家では一緒に入れないから、楽しみにしていたんだ。僕が君を洗ってあげる」

明彦さんは俺をバスタブの縁《ふち》に座らせ、自分はバスタブの中に立ち、浴槽《よくそう》に湯を張り始めた。

蛇口《じゃぐち》の下にバブルバスを落とすと、ブクブクと泡立つ。

そして明彦さんは、おもむろに俺の体にソープを撫でつけ、両手で優しく愛撫するように洗い出したんだ。

まず両腕を洗ってくれたんだけど、その手が脇を伝って前に回ってくると、だんだん手つきがイヤラシクなってきた。

「やだ……もう。変なトコばっかり一生懸命洗うんだから」

「変なところじゃないだろう。君の可愛いおっぱいじゃないか」

「そんな言い方しないでください。女の人のじゃあるまいし」

「いいじゃないか。これは僕専用のおっぱいだ。僕が吸ったりいじったりするためにあるんだよ」

明彦さんは、今度は俺の分身を掴んで言う。

「ココも……僕がおしゃぶりしたり、手で可愛がってあげるためにあるんだ。特に念入りに洗ってあげるからね」

「あん、もう……エッチなことばっかり……」

「エッチなんだからしょうがないだろう」

もう二度ばかり達《い》かされている俺の分身は、明彦さんに可愛がられているうちに、また元気になってしまった。

なのに、明彦さんは今度は俺の両脚を洗い始め、俺の欲望はお預けを食らわされて――。

「明彦さん……」

俺は眼差しで不満を訴えた。

「何？」

彼はニッコリ笑って、わざと知らんぷり。

「今度は背中を洗ってあげる」

そう言って俺をバスタブの中に立たせ、ソープを背中に塗りつけたんだ。

次に、彼はいきなり厚い胸を俺の背中に押し当て、擦《こす》るように上下動し始めた。

時々腰の辺りに硬いものまで当たっている。

「やだ、もう……明彦さんったらぁ……」

俺は思わず悲鳴を上げたが、性感を煽《あお》られているため、つい声音が甘くなった。

明彦さんはちょっぴり得意気に言う。

「前に同僚の松井《まつい》に聞いたんだが――こうやって、体と体を擦り合わせて洗うのを、『泡踊り』って言うそうだよ」

知ってます。俺も中学時代に正孝とやりました。松井さんはきっと、ソープランドのお姉さんにしてもらったんだと思います。

俺は心の中でこっそりとそう呟く。

「君も僕の背中を洗ってくれるかい？」

（これは……やっぱり『泡踊り』で洗ってくれっていうことだよね……？）

俺はしばし逡巡《しゅんじゅん》したあと、彼の期待に応えてあげることにした。

泡だらけの自分の胸を彼の背中に擦りつけて。

ついでに、昂《たかぶ》っている俺の分身も擦りつけてやる。

その刺激に興奮して、俺はいつしか夢中になってその行為を繰り返していた。

「功一くん、もういいから……」

明彦さんは振り向きざまに俺を抱きしめ、バスタブの中に座り込む。

香料の甘い香りが仄《ほの》かに漂う、泡だらけの温かいお湯。

俺はその中で彼に抱かれた。

彼の欲望で突き上げられ、波打つお湯に揺られながら、目眩《めくるめ》く快楽の波に翻弄《ほんろう》されたんだ。

思いっきり逆上《のぼ》せてしまうほど――。

気がつくと、俺はベッドに横たえられ、明彦さんの優しい手で髪を梳《す》かれていた。

「申し訳ない、功一くん……」

明彦さんはしょんぼりと項垂《うなだ》れ、可哀想なほど落ち込んでる。

俺は力なく頭《かぶり》を振って応えた。

「あなたのせいじゃありません。俺も楽しんだし、そんなに気に病《や》まないで」

「でも……」

「いいから。謝ってもらうより、ギュッと抱きしめてもらえるほうが嬉しいです」

俺は明彦さんに両手を差し伸べ、『来て』と仕種《しぐさ》で伝える。

すると、明彦さんはすぐに俺の傍らに横になり、心地いい感じに抱きしめてくれた。

「ねえ……こんなふうにして眠るの、あなたがプロポーズしてくれた夜以来ですよ。俺

……ホントはいつも、あなたの腕に抱かれて眠りたいなぁ……って思ってたんです」

「こうしていてあげるから、少し眠るといい」

「嬉しい……♡」

俺は思わず笑み零《こぼ》れ、彼の微笑みを誘う。

そしていつしか、温かい彼の腕の中で、深い眠りの淵へと墜《お》ちていった。


目の前にたくさんのご馳走《ちそう》が並んでいる。

美味しそうな匂いに空《す》きっ腹《ぱら》を刺激され、俺はたまらず、ご馳走に手を伸ばした。

でも、いくら食べてもお腹いっぱいにならないんだ。

まるで幻のご馳走を食べ続けているみたいに——。


「功一くん。功一くん」

俺を呼ぶ明彦さんの声。

そして優しく揺り起こされた。

「功一くん。そろそろ起きて食事にしないか？　外食するのはキツイだろうと思って、ルームサービスを頼んでおいたんだ」

真実を把握《はあく》した途端、俺は笑ってしまった。

「そのせいだったんですね。俺、夢の中でご馳走を食べてたんですよ。なのに全然食べた気がしなくて——当たり前ですよね。夢なんだから……。なんかもう、お腹ペコペコ」

「じゃあ、食べようか。起きられるかい？」

「大丈夫…………じゃないみたい」

まだ腰がガクガクしてる。まともに起き上がれそうにないや。

「僕が食べさせてあげるよ」

明彦さんは、妙《みょう》に嬉しそうに言う。

けど、食べさせてもらうなんて恥ずかしくて。

「え……そんな、いいですよ」

「食べさせてあげたいんだ」

断ったものの、俺は明彦さんに押し切られ、至《いた》れり尽《つ》くせりの彼の介助で、寛《くつろ》ぎながら食事を摂《と》ることに……。


楽しい時間は駆け足で過ぎていく。

「もうすぐタイムオーバーだな……。名残惜《なごりお》しいよ」

「俺も……シンデレラの気持ちが解るような気がします」

「体が辛《つら》くなかったら、帰る前に、少し夜景を見ながらドライブしないか……？」

「大丈夫です。あなたと二人でドライブしたいな……♡」

俺達は身仕度を整え、ホテルをあとにした。

♡　♥　♡

きらびやかなイルミネーションに彩られた海辺の夜景。

ムードたっぷりで、ため息が出るほど綺麗で、うっとりと見惚《みほ》れずにはいられない。

車を停めた明彦さんが、そっと肩を抱き寄せてくれたから、俺は彼に身を預けて夢心地に浸っていた。

「……そろそろ帰らなきゃ。約束の時間に間に合わなくなる」

明彦さんのその言葉が、俺を現実に引き戻す。

「みーくん、きっと首を長くして待ってますね」

走り出した車は、ヘッドライトの波に呑まれていく。

（平井さんのアパートに着くまでに、『みーくんのママ』の顔を取り戻しておかなきゃ……）

俺は目を閉じ、静かに深呼吸を繰り返した。

「ただいま、みーくん。遅くなってごめんね」

迎えに行ったら、飛びついてくると思っていたのに——みーくんは拗《す》ねて膨《ふく》れて外方《そっぽ》を向いている。

こうなったら、アレを出すしかない。

俺は手に下げていたオモチャ屋さんの紙袋から、みーくんを釣り上げる餌《えさ》を取り出した。

「ほ〜ら、お土産だよ〜」

その言葉に気を惹かれて、みーくんはチラリと視線をよこし、途端にパァッと顔を輝かせる。

「タロ！」

俺達は電池で動く仔犬のぬいぐるみを買ってきたんだ。

早速スイッチを入れて動かしてやると、みーくんは嬉しそうに寄ってきた。

「よかったわね〜、みーくん」

平井さんに声をかけられ、ニッコリと満面の笑顔を返してる。

「さ、おうちに帰ろう」

俺が両手を差し伸べると、みーくんはぬいぐるみをしっかり片手で抱いたまま、もう一方の手で俺の肩にしがみつく。

「今日は本当に、ありがとうございました」

そう言って、明彦さんは平井さんに菓子折を手渡した。

「まあ……そんな、気を遣わなくていいのに。却《かえ》って申し訳ない気がするわ」

「いえ、本当に助かりました」

「何かあったら、いつでも遠慮なく言ってちょうだい」

「ありがとうございます。では、これで失礼します。おやすみなさいませ」

「おやすみなさい」

笑顔の平井さんご一家に見送られながら、俺達は彼の車に乗り込み、再び帰途《きと》に就《つ》いた。


マンションに帰って、今日も習慣的にポストを覗くと、何か大きめの郵便物が入っているのに気づいた。

取り出してみると俺宛の小包で、差出人は詩織姉ちゃんになっている。

俺は、明彦さんがみーくんをお風呂に入れてくれている間に、それを開封してみた。

手紙とともに入っていたのは、柔らかい暖色のパステルで描かれた『家』のイラストが表紙の本。

いや——アルバムだ。

開いてみると、すべてのページが、幸せそうに笑っている家族の写真で埋められている。

父さんと、母さんと、詩織姉ちゃんと、俺——。

俺が赤ちゃんの時から、家を出るまでの家族写真が、時代を追って収められている。

俺は姉ちゃんからの手紙も開いてみた。

私の愛する弟、功ちゃんへ

二十歳のお誕生日おめでとう。

ささやかですが、このアルバムが私からの贈り物です。功ちゃんの手元にはないものでしょ。

功ちゃんの写真は、母さんがアルバムにして、大事に大事に仕舞ってるの。

だからこの度、ネガがあるものだけを焼き増ししました。

ねぇ功ちゃん、アルバムの写真をよく見て。

あなたを見つめる父さんの顔。母さんの顔。

どんなふうに見える？

私には、あなたへの深い愛情が読み取れるわ。

赤ちゃんの時からずっと、あなたを見守り、育ててくれた人達が、ただ人を愛しただけのあなたを、本当に嫌いになったりできるかしら？

意地を張ってるだけなのよ。

私、母さんに言ったわ。

あなたが薬と手袋を送ってくれたこと。

そうしたら、母さん泣き出したの。

ギュッと自分の手を握りしめて、功ちゃんの名前を何度も呼びながら——泣いたのよ。

それでもまだ、あなたは「心が離れてしまった」なんて思うの？

あなたがホワイトデーに送ってくれた花。

私と功ちゃんの誕生花が入ってるって書いてあったでしょ。気になって調べてみたの。

私の誕生花、紅紫のストック。花言葉は「信じてついていく」

あなたの誕生花、ウォールフラワー。花言葉は「愛の絆」

母さんが庭に植えているボケの花。花言葉は「私を導いて」

そしてもう一つ、エリカ。花言葉は「孤独」


もし深読みし過ぎだったら許してね。

功ちゃんはこの花束に、私へのSOSを託したんじゃなくて？

だとしたら、差し出がましいようだけど、言わせてもらうわ。


功ちゃん。望む未来を心に描きなさい。

夢見ることがエネルギーになるから。

絶対叶うと信じて、何度でもチャレンジするの。

少しずつ努力を重ねていくうちに、いつか実現する日が来るものよ。諦めない限り、きっとね。

自分の信じた生き方が、正しいかったのか、間違っていたのか――それを評価できるのは、死ぬ間際の自分だけなのよ。

後悔しない生き方をしなさい。

私に言えるのはそれだけ。

あとはあなたが考えて、一番正しいと思った道を歩いていきなさい。愛する人達とともに――。


私はずっとあなたを見守っているから。

私の手が必要な時には、いつでも言いなさい。

どこにいたって、きっと駆けつけるからね。

たった一人のあなたの姉、詩織より

俺は読んでいるうちに涙が零れてきた。

「どうしたんだい、功一くん？」

明彦さんとみーくんが、驚いて俺の顔を覗き込んでいる。

でも、俺は何も答えられず、黙って手紙を差し出した。

手紙を読んだ明彦さんが、そっと俺の肩を抱く。

「詩織さんの言う通りだ。君には僕だって、光彦だって、平井さん達だってついてるんだよ。何でも自分一人で抱え込もうとしないでくれ……」

明彦さんの真摯《しんし》な眼差しが、俺の胸を真っ直ぐに突き刺す。

「僕は君に、曇りのない笑顔で笑っていてほしい。そのためなら、どんなことでもするし、どんなに辛い思いをしても堪えられる。重荷があるなら、僕にも半分背負わせてくれないか？　二人で抱えれば、きっと少しは軽くなるさ。何度も言うようだけど、もっと僕を信じてほしいんだ」

信じてほしいと彼は言う。

俺は信じているつもりだった。

でも――『つもり』だっただけで、信じ切っていなかったのではなかろうか。

無意識のうちに、俺は彼を見くびっていたんだ。

両親とのゴタゴタに巻き込んで、彼に嫌な思いをさせたくないと思っていた。

修羅場《しゅらば》に直面したら、俺自身が彼の重荷になりそうで不安だった。

だけどそれは、俺が勝手に怯《おび》えていただけで、彼自身は、とうに覚悟を決めていたはず。

でなければ、俺の実家にプロポーズになど行くものか。

「ありがとう、明彦さん……」

俺はまた、熱い涙を溢《あふ》れさせていた。

6. 花盛りの季節に

桜が咲いた。

ここのところ暖かい日和《ひより》が続いたせいか、膨《ふく》らみかけていた蕾《つぼみ》がいっせいに花開いた。

「今日は天気が良いし、お弁当を作って、公園でピクニックしよっか？」

「うわぁい♡」

俺の言葉に、みーくんは躍《おど》り上がって喜んでいる。

お弁当は――ラップお握りにしよう。

ラップに煎《い》り玉子を丸く平らに敷き、その中心にグリンピースをチョンと乗せ、軽く塩で味付けしたご飯を丸く握って乗せ、茶巾《ちゃきん》絞りの要領で包めば、黄色い花おにぎりの出来上がり。

塩鮭を茹《ゆ》でて解《ほぐ》してすり鉢に入れ、砂糖と醤油を少々加えた鮭そぼろを作って、同じ要領で握れば、ピンクの花おにぎりの出来上がり。

おかずは、うずら卵と鳥肉の照り焼きを飾りスティックに差したもの。

デザートは兎リンゴ。

　サラダ菜を敷いたお弁当箱につめて、蓋《ふた》を閉めて。

「さあ、公園へ行こう！」

　みーくんと二人、手を繋いで歩いていると、近所のスーパーの買い物袋を下げた平井さんと鉢合わせた。

「あら、どこかへおでかけ？」

「公園で桜を見ながらピクニックです」

「まあ……いいわねぇ……」

「よかったら、平井さんもご一緒しませんか？」

「あら嬉しい。今日は啓介が友達と遊びに行ってて、春休みなのに、独りぼっちでお昼を食べる予定だったの。いったん帰って、荷物を置いてまた来るわね」

「ええ。場所取りして待ってますから」

　俺達は平井さんと別れ、再び公園目指して歩き出した。

　公園には、他にも何組かの家族連れが、ピクニックシートを広げて座っている。

俺達も枝ぶりのいい木の下を陣取《じんど》り、日向《ひなた》ぼっこよろしく、シートの上で寛《くつろ》ぎながら、二人で桜を見上げた。


青空に映える桜のピンク。

ぼんやり眺めているうちに、懐かしい記憶が甦《よみがえ》ってきた。

あれは――そう。十四年前の入学式の日。

俺は母さんに手を引かれ、初めて小学校の門を潜ったんだ。

とても風が強い日だった。

まるで、正面から吹きつけてくる強い風に拒《こば》まれているような気がした。

苛《いじ》められっ子だった俺には、幼馴染みの正孝以外に友達なんていないし。小学校に入学しても、友達を作る自信がない。

ただひたすら、新しい環境に身を置く不安でいっぱいで。

ずっと下を向いて、自分の影だけを見つめて歩いていた。

その時の気分ときたら、喩《たと》えるなら、『処刑台に引かれていく無実の罪人』といったところか。

そんな俺に、母さんが語りかけてきた。

『見てごらんなさいよ、功一。花びらが紙吹雪みたいに舞っているわ。綺麗ねぇ……。校庭の桜の木も、《入学おめでとう》って言ってくれてるのかしらね』

誘われるままに顔を上げると、目の前に、満開の桜並木が広がっていたんだ。

烟《けぶ》るように咲く桜の花が、風に煽《あお》られて散っていく。

夢のように美しい光景だった。

驚きとともに、胸の不安がちょっぴり軽くなり、何かいいことが待っているような――そんな気がして心も弾《はず》んできた。

母さんに言われて顔を上げるまで、あんなに憂鬱《ゆううつ》だったのにさ――。


「綺麗ねぇ……」

背後で声がして、振り返ると平井さんが立っていた。

「あ、どうぞ、座ってください」

平井さんは俺の横に腰を下ろし、再び静かに頭上を振り仰ぐ。

「……桜を見てると、いろんなことを思い出すわ……」

しみじみと呟くその横顔に、なぜか母さんの面影が重なって見える。

平井さんは、やがて桜から俺に視線を移した。

「啓介がね、初めて私のことを『かーちゃん』って呼んでくれたのが、桜の季節だったのよ……」

啓介くんは、平井さんの本当の息子じゃない。

再婚した、現在の旦那さんの連れ子なんだ。

平井さんの旦那さんは奥さんに先立たれ、乳飲《ちの》み子の啓介くんを抱《かか》えて途方に暮れていた。

平井さんは、ギャンブル好きで酒乱だった前夫の暴力が原因で、初めての子供を流産し、子供を産めない体になってしまい——それがきっかけで、離婚して人生をやり直そうとしていた。

そんな二人が偶然巡り逢い、強い絆《きずな》で結ばれたんだ。

運命ってヤツも、なかなか粋な計《はか》らいをする。

「主人と出会った時、まだ啓介は七カ月の赤ちゃんだったわ。男手一つで、苦労して子供を育てているあの人に同情したし、何より、産まれる前に死んでしまった我が子と啓介を重ねてしまって……。気がついたら、私、彼の子育てを手伝うようになっていたの。あなたが大沢くんを助けてあげたみたいにね」

平井さんは静かな声で、独り言でも呟くように言う。

「でも……再婚したのはずっとあと。啓介が五歳の時だったわ。もっと前からプロポーズされてたけど、私はこんな体でしょう。引け目を感じて、なかなか再婚に踏み切れなかったのよ」

その気持ちは俺にも解る。

俺も最初の恋愛で、躓《つまず》いた理由がそれだった。

正孝が婚約して、詩織姉ちゃんに子供が産まれて。

俺は正孝を愛することに自信を失くした。

愛する人の子供を産める女の人には、とても敵《かな》わない。

そう思い知らされて、自分から別れを切り出したんだ。

だけど平井さんは俺とは違う。

「再婚する気になったのはね、私が事情を打ち明けた時、主人が『子供なら啓介がいるじゃないか。啓介の母親になってくれ。私たち親子には君が必要なんだ』って言ってくれたからなの。でも——再婚した途端、急に啓介に嫌われちゃって。『他人の子供の母親になるなんて、やっぱり無理なのかな……』って、すごく悩んだわ……」

現在の平井さんと啓介くんを見ていると、そんな時期があったなんて信じられない。

「どうして急にそんなことに……？」

「それが……解らないのよ。啓介は頑《がん》として理由を言ってくれなかったし……」

突っ込み過ぎかな……と思ったけど、俺はどうしても聞かずにいられなかった。

「平井さんは、その時どうやって啓介くんの心を開かせたんですか？」

平井さんはしばし考え込み、微《かす》かな笑みを浮かべて答える。

「これといって変わったことはしてないわ。ただ……啓介がどんなに私を無視しても、どんなに我儘《わがまま》言って困らせても、私、絶対に啓介の手を離さなかった。一緒に泣きながら、少しずつ親子らしくなっていったのよ」

俺は啓介くんにも聞いてみたくなった。

どうして平井さんに反抗していたのか。

どうして平井さんを受け入れる気になったのか。

幼かった啓介くんは、そんなこと、もう憶《おぼ》えてないかもしれないけど――。

♡　♥　♡

「ちース！　昨日、臨海《りんかい》公園に行ったんで、お土産持ってきたよ～ん♪」

その日、啓介くんが我が家を訪ねて来たのは、ちょうど三時前。まるで狙い澄ましたようなタイミングだった。

「ありがとう、上がって。今おやつにしようと思ってたところなんだ」

「おやつ!? なになに!?」

「じゃ～んッ♪『ほうれん草のキッシュロレーヌ』でぇ～っす♪ 茹《ゆ》でたほうれん草とベーコンをフィリングに使った、甘くないパイだよ」

「美味《うま》そーじゃん。ミーは幸せだな、コーイチみたいなママがいて」

「啓介くんだって、平井さんみたいな素敵なお母さんがいるじゃない」

啓介くんは「まあね」と言ってニヤッと笑う。

俺は切り分けたパイと紅茶を配りながら、さりげな～く、この間の話を振ってみた。

「平井さんがお母さんになったばかりの頃、啓介くん、平井さんのことを困らせてたそうじゃない？」

すると、啓介くんは途端にバツが悪そうな顔をしたんだ。

「憶えてるの？」

「そりゃ憶えてるって。忘れられっかよ。あんなことがあったらサ」

紅茶で口を湿《しめ》らせてから、啓介くんは『忘れられないこと』を淡々と語ってくれた。

「誰が言ったんだか……それはもう憶えてないんだけど。オレが『大好きなおねーさんが、俺のかーちゃんになったんだ♪』って自慢してたら、どっかのオバサンが、『あらー、よかったわねぇー。でも、他人のままでいたほうがよかったかもねぇ。お腹を痛めた我が子が産まれたら、その子のほうが可愛くなるのが当たり前だもの。他人の子なんて、どうでもよくなっちゃうものなのよォー』とか言いやがったんだよ」

なんか……それって、すっごく意地悪じゃない？

「そんで、恐くなった……っつーか。もし弟か妹が産まれたら、オレは要《い》らない子になっちゃうだろ。それくらいなら、かーちゃんなんていらない。そう思って、反抗ばっかするようになったワケ」

啓介くんは、どこか遠くに視線を彷徨《さまよ》わせながら呟く。

おそらく過去の記憶を辿《たど》っているんだろう。

「今にして思えば、オレは反抗することで、かーちゃんの気持ちを試してたのかもな。いっそ嫌われたらサッパリすると思って、イジワルばっかしたけど——ホントは嫌ってほしくなかった。だって、それまで大好きだったおねーさんだよ？　嫌いなはずないじゃん。オレはただ……不安だっただけなんだ。いつか、オレより大事な『かーちゃんの子供』に、かーちゃんを盗られると思ったから……」

口調とは裏腹に、泣きそうなほど切ない微笑みを浮かべている啓介くん。

君は当時、まだたった五歳の子供だったのに――心ない大人に傷つけられて、幼い心にたくさんの思いを抱えて、苦しんでいたんだね。

「……でもサァ……、かーちゃんは、どんっなにオレがイジワルしても、必死で食らいついてくんの。それってスゴくない？」

その時ふと、啓介くんの微笑みが温かいものに変化した。

当時の二人の幻が、俺の脳裏を過《よぎ》っていく。

「無茶やって困らせて。さんざん叱られたし、それ以上にたくさん泣かしたよ。だけど、あの人は『オマエなんかもう知らない！』って、オレを切り捨てたりしなかった。だから……信じてもいいかな……って思ったんだ。『絶対にオレを裏切ったりしない』。そう信じることができたから、『かーちゃん』って呼ぶことにしたんだよ」

啓介くんの言葉は、不甲斐《ふがい》ない俺の心にズシンときて、俺を居たたまれない気持ちにさせた。

もし俺が平井さんだったら、すぐに自信を失くして、何もかも放り出して、さっさと逃げてしまったに違いない。

平井さんのように、諦めず、真心を尽くして信頼を勝ち取るだけの根性がないから。

俺は――傷つくことを恐れて、その場しのぎの安易《あんい》な方法ばかり選択してしまう。

「……なんかテンション下がっちった？　もうこの話はおしまい！　せっかくの紅茶とパイが冷めないうちに、俺達も食お♪」

啓介くんはフォークを手にしてパイを食べ始めた。

みーくんはすでに食べ終わり、『おかわり』とばかりにお皿を掲《かか》げ、眼差《まなざ》しで俺に訴えている。

俺はようやく我に返って、みーくんにちょっぴりオマケを切り分けてやった。

そして啓介くんに向き直り、彼の瞳を見て言ったんだ。

「今の話を聞かせてもらって、俺も勇気が湧いてきた。ありがと、啓介くん」

「なんだよ、改まって。コーイチでも、悩みなんかあんの？」

その台詞に、俺は思わずムッとした。

「そっちこそなんだよ、その『コーイチでも』っていうのは。俺に悩みがあったらおかしい？」

啓介くんは冷やかすように笑いながら言い切る。

「だーって、コーイチ、オーサワとラブラブで、シアワセいっぱいじゃ～ん？　バースデーにスーツ買ってもらって、レストランでゴーカなランチ。そのあと夜まで、いったいどこでナニしてたの～ン♪」

俺は返す言葉もなく、ひたすら赤面するばかり……。

すると、啓介くんはますます調子に乗り始める。

「可哀想になあ、ミー。オマエってば、あんなヌイグルミ一つで丸め込まれてるんだもんなぁ……」

「ちょっと、変なこと言わないでよッ。俺の家庭に波風立てる気!?」

「おー、コワ」

肩を竦《すく》めて、啓介くんは再びパイでお喋《しゃべ》りな口を塞《ふさ》いだ。

みーくんはキョトンとした顔で、じっと俺達の遣《や》り取りを眺《なが》めていた。


その夜——みーくんを寝かしつけ、明彦さんの寝室に移動した時、俺はおもむろに切り出した。

「ねぇ……明彦さん……」

「なんだい?」

「次の休日、お花見に行きませんか?　平井さん達も誘って、みんなで……」

「ああ……きっと桜が見頃だね」

俺の提案に、明彦さんはニッコリ笑って頷く。

「桜の下で記念写真を撮りましょう。俺……詩織姉ちゃんが送ってくれたアルバムみたいなの、作りたいんです。俺の新しい家族のアルバムを——」

「素敵だね」

「そのアルバムに、詩織姉ちゃん達と一緒の写真も載せたいな。そしていつか——父さんや母さんも一緒に、みんな笑顔で写ってる写真を載せられたら最高！　それが今の俺の夢なんです。叶《かな》う日が来るといいなぁ……」

「叶えてみせよう。何度でも君の実家を訪ねて、二人でご両親を説得すれば、いつか僕達の気持ちが通じる日が来るさ。今度の連休にでも、君の故郷に行ってみないか？」

俺は嬉しくなって、ギュッと明彦さんに抱きついた。

「あなたって……どうしていつも、すぐに俺の気持ちを察して、一番ほしい言葉をくれるの？」

「君を愛しているからさ」

彼の大きな手が、俺の頬を両側から優しく包んだ。

端正《たんせい》な顔が次第に近づいてきて、薄く開かれた唇が、そっと俺の唇を啄《ついば》む。

何度も何度も、誘うようにキスして、離れていく。

胸を焦《こ》がす温《ぬく》もりが恋しくて、俺は彼の唇を追いかけ、彼がくれたキスよりも深く、想いを込めて口づけてから、彼の瞳を見て囁いた。

「俺も……あなたを愛してる」

俺達は縺《もつ》れるように、抱き合ったままベッドに横たわる。

肌の温もりを遮《さえぎ》るものが疎《うと》ましい。

邪魔な衣服を互いの手で取り去って、俺達は生まれたままの姿で抱き合い、求め合い、互いの体に所有の印を残した。

そして明彦さんは、遂に俺の両脚を開かせ、グッと腰を抱え上げ、顕《あらわ》になった恥ずかしい部分に顔を埋《うず》めていく。

俺の欲望を片手で愛撫しながら、淫《みだ》らな舌使いで俺の秘密の入口をくすぐり、奥へ奥へと舌を差し込み、ねっとりと濡らしていくんだ。

「明彦さん……俺にも……、俺にもあなたを愛させて……」

明彦さんは俺の腰を抱え込んだまま、向きを変えて俺の顔を跨《また》ぐ。

俺は夢中で彼の欲望にむしゃぶりついた。

口に含み切れない彼の怒張《どちょう》を、あの手この手で懐柔《かいじゅう》して、解放へと導くために必死で頑《がん》張《ば》る。

でも、努力も虚《むな》しく、俺だけ先にイカされそう……。

「イク……明彦さん。俺……もう……」

「僕も……そろそろ達《い》きそうだよ……」

明彦さんは俺の弾《はじ》けそうな分身を銜《くわ》え、強く吸い上げる。

俺も最後のスパートをかけ、両手と口を駆使して、彼の欲望を追い上げていく。

俺が彼の口腔《こうくう》内で爆発した直後、彼も絶頂を迎えた。

俺は彼の欲望をすべて飲み干し、それでもまだ、彼の分身を愛撫し続けたんだ。再びたくましく育て上げるために。

彼は今度は、俺の後孔《こうこう》を指で広げていくことに重点を置いた愛撫を始め——彼の分身が再び欲望で膨れ上がる頃には、俺の後孔もすっかり綻《ほころ》んで、彼と結ばれる瞬間を待ち侘《わ》びていた。

「功一くん、もういいから……」

明彦さんは俺を横向きに寝かせ、俺の右脚を跨ぎ、左脚を肩に担《かつ》いで挿入する。

その状態で俺の内奥を掻《か》き回し、軽く素早く突き込んでは、深く強く穿《うが》つ。

「アッ、アッ、アッ、あア……んッ！」

俺は激しく翻弄され、切なく喘《あえ》いだ。

「愛してるよ、功一くん……」

やがて、明彦さんは体位を変えた。

挿入したまま、肩に担いでいた俺の左脚を下ろし、前のめりに上体を倒して、俺の左脚を自分の腰に絡ませるという、ちょっと複雑な絡み方だ。

彼の右手は俺の背中を支え、左手は俺の欲望を掴《つか》んでいる。

そして、舌と唇で俺の左の乳首を刺激しながら、ゆるゆると腰を使う。

俺の欲望を掴んでいる手は、愛撫というより戒《いまし》めだった。俺はイキたくてもイケない状態に身悶《みもだ》えながら、何度も何度も上り詰めたんだ。


やがてみーくんが目を覚ました時、俺は腰が抜けて動けなくなっていた。

「コーチくぅ～ん、オシッコぉ～！」

明彦さんは大慌てで、まだ一人でトイレに行けないみーくんのもとへ駆けつける。

「功一くんは、今手が離せないんだ。パパがトイレに連れてってやるからな！」

（……別に……手は空いてるよ、手は……）

俺はあらぬところのだるい痛みに顔を顰《しか》めながら、心の中で悪態《あくたい》をつく。

それからしばらくして、トイレの水が流れたあと、また話し声が聞こえてきた。

「ねー、コーチくんドコォ～？」

「功一くんは、具合が悪くて寝んねしてるんだ。今日はパパが一緒に寝てやるから、そっとしておいてあげよう」

（具合が悪いのは、誰のせいなんです～？）

そりゃ、俺だってその気だったけど――いくらなんでも、腰が抜けるほどやらなくたっていいでしょーにィ～☆

（ホンット激しいんだから……）

……でも、俺ってば、彼のそういうところも好きなんだよね。困ったもんだ……。

♡　♥　♡

やがて巡ってきた休日。

折しも桜は満開で、俺達は平井さんご一家と、公園でお花見をした。

「やはり、花見には酒がないとなぁ……♡」

「桜を愛《め》でながら飲む酒は、一段と美味いですよね」

明彦さんと平井さんの旦那さんは、花よりお酒のほうがメインみたい。

「功一くん。君もこっちへ来て一杯やらないか？」

二人に誘われて迷っていると、啓介くんが割り込んできた。

「心優しい旦那様方～、どうかオレにもお恵みを～」

「ダメですよ、啓介。あなた未成年でしょ。みーくんと一緒に、ジュースでも飲んでいなさい」

平井さんがキッパリと言う。

すると、啓介くんは唇を尖らせて文句を垂《た》れる。

「えーっ！　未成年ったって、四捨五入すれば二十歳じゃん！　ヒトケタのミーと同じ仲間に括《くく》られるなんて、チョ↓イヤかも……」

「何言ってるの。お酒は二十歳になってから！　四捨五入してサバ読むんじゃありませんん！」

笑い声が高らかに響く。

和《なご》やかな春の団欒《だんらん》を、俺達は写真に残した。

そして、真新しいアルバムにコメントを添えながら、思い出の写真を収めていったんだ。

いつの日か、過ぎ去った日々を懐かしむために。

成長したみーくんがアルバムを開いた時、たくさんの人に愛された記憶を思い出せるように。

大切に、大切に残しておくつもりだ。

できることなら、俺の実家の家族も一緒に、仲良く笑っている写真を残せたらいい。

俺の父さんがお祖父《じい》ちゃんで、母さんがお祖母《ばあ》ちゃん。

そう教えてあげられたら、どんなに素敵だろう。

ねえ……詩織姉ちゃん。姉ちゃんもそう思うよね？

俺、今度こそ挫《くじ》けないから。

一生懸命頑張るから、応援してよ。

心の中でそう語りかけながら、俺はまた、詩織姉ちゃんに手紙を書いた。

敬愛する詩織姉ちゃん
誕生日プレゼント、どうもありがとう。
何より素晴らしい贈り物でした。

詩織姉ちゃんからの手紙もそうですが、先日、改めて「家族の絆」について考えさせられる話を聞いたんです。

その時、俺は気づきました。

波風のない人生などないのだと。

俺は平穏《へいおん》を願うあまり、つい嵐を避けて通ろうとしてしまいますが、それでは絶対に、目指す場所には辿《たど》り着けません。

嵐を乗り越えることで、初めて強い絆が生まれるのだということに、今さらながら気づいたんです。

父さん母さんの反対は、俺達が本当の「家族」になるための試練なのかもしれません。

だったら、なんとしても、試練を乗り越えていかなくちゃ。

新しい家族を得るために、両親を切り捨てるのではなく、俺は明彦さんやみーくんを、両親にも家族として認めてもらいたい。

だから、真心を尽くして努力を続ける覚悟を決めました。

いつか我が家のアルバムに、「大家族」の写真を収める日を夢見て。

前進する最初の一歩として、ゴールデンウイークに、三人で帰郷する予定です。

ご報告かたがた、お便《たよ》りしました。

なお、同封の写真は、こちらでお世話になっている平井さんご一家と、お花見をした時のものです。

俺はいい友人に恵まれて、楽しく幸せに暮らしていますので、どうかご安心を……。

色とりどりの花が咲き競う新年度です。

翔と翼が幼稚園に上がり、慌ただしい日々をお過ごしのことと思いますが、お体を大切になさってください。

二〇〇一年　四月十六日

功一

7．ゴールデンウイークの帰郷

今年のゴールデンウイークは、詩織姉ちゃんのところで過ごすことになった。

最初は明彦さん、ホテルを予約してたんだけど、

『うちに泊まればいいじゃない。水臭いこと言わないでよ。親戚でしょう』

詩織姉ちゃんにそう言われてキャンセルしたんだ。

連休といっても、詩織姉ちゃんは平常通り仕事があるし、指定席を確保する都合もあって、出発は二十八日の夕方から。

郷里《きょうり》に着くのは二十二時三十四分。もうそろそろだ。

車内で寝ていたみーくんを起こして、俺達は新幹線を下りる準備を始めた。

俺はまだ眠たそうなみーくんの瞳を見て言う。

「これから行くところは、俺のお姉ちゃんのおうちなんだ。翔《かける》と翼《つばさ》っていう、みーくんより一歳年上の双生児《ふたご》の男の子がいるんだよ。俺の甥《おい》っ子達だから、仲良くしてね」

明彦さんは一度俺の親族に会っているけど、みーくんはこれが初めての顔合せだ。時間が時間だから、双生児との対面は明日になるかもしれないけど。

（もしかしたら、翔と翼がみーくんの《人間では》初めての友達になってくれるかも…♪）

なんだかワクワクしちゃう。

俺は自分の鞄《かばん》とお土産を入れた紙袋を、明彦さんは左手で自分の鞄を持ち、右手でみーくんを抱えて新幹線を下りた。

「詩織姉ちゃんが、新幹線の改札口まで迎えに来てくれてるはずです。あ、ほら、あそこ！」

去年の冬に帰郷した時同様、姉ちゃんは家族全員引き連れて、すぐ判る場所に立っていた。

「コーターン♡」

翔と翼が俺に手を振っている。

俺達は改札を出て、彼らのもとへと急いだ。

「翔と翼も来てくれたんだぁ。二人とも、もう寝る時間だったんじゃないの？」

俺の言葉に、姉ちゃんが苦笑しながら言う。

「ほんとはそうなんだけど……この子達、功ちゃんを迎えに行くって聞かないのよ」

そこで明彦さんが、抱えていたみーくんを下ろし、改めて姉ちゃん達に挨拶した。

「お久しぶりです。お義兄《にい》さん、お義姉《ねえ》さん」

「お義姉さんはよして。あたしも大空《おおぞら》も、あなたより歳下なんですからね。詩織でいいわ、明彦さん」

「じゃあ、詩織さん。しばらくお世話になります。よろしくお願いします」

「煩《うるさ》いのが二人もいる上、大したお構いもできませんけど、自分の家だと思ってのんびりしてってくださいな」

明彦さんの言葉に姉ちゃんが答え、続いて義兄さんが人のいい笑みを浮かべて両手を差し出す。

「行楽《こうらく》シーズンだから、人が多くて大変だったでしょう？　荷物、持ちますよ」

「グリーン車でしたし、それほどでもないですよ。私のほうは大丈夫ですから、功一くんのを持ってあげてください」

「本当に？　ホームから子供を抱えて下りてきたんでしょう？　鞄だって、君のほうが大きいのを持っているのに……」

「若い頃から工事現場のアルバイトで鍛《きた》えてますし。今も毎日、光彦《みつひこ》で重量挙げしてますから。体力には自信あるんですよ」

「あ……、じゃあ功一くん、荷物を持ちましょう……」

俺達がお義兄さんと遣《や》り取りしている間に、姉ちゃんがみーくんに話しかけている。

「あなたがみーくんね。初めまして」

「はじまして」

はにかみながらちょこんと頭を下げ、挨拶を返したみーくん。

「あらー、もうちゃんとご挨拶できるのねぇ。偉いわぁ」

詩織姉ちゃんがニコニコしながら手放しで褒《ほ》めるので、みーくんも嬉しそうに笑う。

「じゃ、そろそろ行きましょうか」

お義兄さんが言い、俺はみーくんの手を取った。

その時——。

「ダメぇッ!」

「かけりゅがコータンとおててちゅなぐの!」

「ちゅばしゃがコータンとおててちゅなぐの!」

双生児がみーくんにガンを飛ばしながら、音声多重で叫ぶ。

「ちゅばしゃのコータンなんだから!」

「かけりゅのコータンなんだから!」

「ちがうも。みーくのこーちくんだも!」

みーくんだって負けてはいない。

俺は子供三人にしがみつかれてオロオロするばかり。

「ちょっと、あんた達、何やってんのよ⁉」

一瞬呆然《ぼうぜん》としていた詩織姉ちゃんが、我に返って双生児の首根っ子を掴み、俺達から引き離した。

（た……たくましい……！）

あ、いや、感心している場合じゃないか。

「みーくんは、あんた達の従兄弟《いとこ》みたいなものなの。仲良くしてちょうだい」

ねーちゃんは双生児に穏《おだ》やかに言い聞かせたが、双生児は頑《がん》として聞かない。

「ヤダッ！　アイツ、ちゅばしゃのコータンをひとりじめすりゅもんッ！」

「ヤダッ！　アイツ、かけりゅのコータンをとろうとしてりゅもんッ！」

「そう。仲良くできないって言うの。だったらママにも考えがあるからねぇぇ～」

姉ちゃんの迫力ある低い声音に、双生児は互いに抱き合い、震え上がった。

「ごめんなしゃい」

「ゆるちて、ママ」

「解かったならいいわ。さ、行きましょ、みんな」

俺達は沈黙したまま、姉ちゃんのあとに従う。

姉ちゃん達が住んでいるマンションは３ＬＤＫ。

俺達はリビング・ダイニングに面した和室を使わせてもらうことになっている。

和室には、すでに布団が敷いてあった。

「お風呂、入れてあるからよかったら使って」

「あ、じゃあ……明彦さん。みーくんと一緒に、お先にどうぞ」

「ああ、そうだね。おいで、光彦」

明彦さんがみーくんを連れて行ってしまうと、邪魔者はいなくなったとばかりに、双生児が俺に纏《まと》わりついてくる。

「コータン、えほんよんで」

「えほんよんで」

「なに言ってるの。あんた達はもう寝るのよ」

「えーっ！」

「ヤダぁーッ！」

姉ちゃんが呆《あき》れた様子で口を挟み、双生児は不満げに頬を膨らませて文句を言う。

俺は荷物の中から二つの包みを取り出して、双生児に渡してやった。

「はい、ちょっと遅くなったけど、お誕生日のプレゼントだよ」

「うわぁい♡」

「コータン、ありがとー♡」

双生児は早速包みを開き始める。

プレゼントの中身は絵本だ。今までは反復する単純な内容の絵本ばかり読み聞かせてやってたけど、そろそろ『物語』でも大丈夫だろう。そう思って、男の子が主人公の、友情をテーマにした作品を選んだ。あまりメジャーな作品だと、もう持っている可能性もあるから、何にするかすっごく迷っちゃったよ。

「明日読んであげるから、今日はもう寝なさい」

「はあ～い♡」

「おやすみなしゃい、コータン♡」

双生児は、各々絵本を大事そうに抱えて、子供部屋へと帰っていった。

「功ちゃんの言うことだと、素直に聞くのよねぇ……」

詩織姉ちゃんが双生児を見送りながら呟く。

「姉ちゃんには甘えてるんだよ、きっと……」

「違うわ。功ちゃんが子供に好かれるタイプなのよ。功ちゃんみたいな人が幼稚園の先生だったらよかったのに……」

「そういえば――双生児、幼稚園に入園したんだっけ。様子はどう？」

「う～ん、なんか……保育園のほうがよかったわぁ……。やたらと母親参加の行事が多いし、大変よ。あの子達も二人でひっついてばかりで、まだお友達どころか、先生にも打ち解けてない有り様だしねぇ～」

姉ちゃんは「やれやれ」と肩を竦《すく》めてため息をついた。

「ところで功ちゃん。月曜日はアタシもお休みだし、みんなで観光でもしましょうよ」

「いいね。どこ行く？」

「そうねぇ……倉敷《くらしき》辺りはどうかしら？」

「倉敷かぁ……」

高校時代、正孝とよくデートしたっけ……。

駅の北側にあるチボリ公園は、とてもいいところだ。身長制限のある乗り物も多いけど、ティーカップとか、メリーゴーラウンドとか、観覧車ならおチビさん達でも乗れるし。アンデルセンシアターなんていうのもある。他にもアトラクションがいっぱいだし、異国情緒溢れる街並とか、色とりどりの花と緑の公園を散策するだけでも楽しいだろう。

けど——ゴールデンウイークの振り替え休日となると、親子連れや学生さんで混雑しそう……。そっちはまた今度にして、反対側の美観地区やアイビースクエアをそぞろ歩くのも、風情があって良いかもしれない。

「俺、『T'S《ティーズ》 ALLEY《アレイ》』の『スコーンズショートケーキセット』と、『ヤマウ』の『やき板』と『鮮魚カステーラ』が食べたい！　あ……でも、岡山といえば吉備《きび》団子だよね。『廣榮堂本店《こうえいどう》』の吉備団子つきのお抹茶《まっちゃ》で一服……っていうのもいいねぇ♡　あと、『橘香堂《きっこうどう》』の『むらすずめ』も外せないよね♡」

時代劇背景のような建物が並ぶ美観地区の入口には、『橘香堂』がある。『橘香堂』の『むらすずめ』とは、卵たっぷりのふんわりした皮に粒餡《つぶあん》を包んだ和菓子で、倉敷みやげ候補ナンバー1と言われる銘菓《めいか》だ。

そこから美観地区の大通りを道なりに真っ直ぐ行くと、倉敷川を挟んだ通りに出る。

人力車乗り場のある中橋を渡って、川沿いの道をしばらく歩き、アイビースクエアの西門へ向かう小路に入ると、そこに創業九十余年の有名な蒲鉾《かまぼこ》屋さん、『ヤマウ』があるんだ。スケソウダラのすり身だけを使って焼いた『やき板』を始め、いろんな蒲鉾を売っている。

ちなみに、怪《あや》しげな名前の『鮮魚カステーラ』とは、だて巻きに似た食べ物のこと。

倉敷川に架かる橋の一つ、高砂橋《たかさごばし》の袂《たもと》には、まさに『茶店』といった店構えの『廣榮堂本店』がある。吉備団子の元祖というだけあって美味しいし、店内には『備前焼きの人間国宝』といわれてる人が作った桃太郎像とか、明治の錦絵（これも当然桃太郎！）が飾られているんだよね。二階には木版画を展示したギャラリーがあるし、和紙とかの民芸品も売ってるみたい。

小路を突き当たって南に曲がると、アイビースクエアの南側に面した白壁通りに出る。白壁通りとは名ばかりで、赤いレンガの壁なんだけど。

この通りにある『T'S ALLEY』は、お洒落なテラスふうのカフェだ。紅茶の種類が豊富だし、スコーンやケーキがすっごく美味しいの！　カレーもオススメなんだよね。

「功ちゃんってば、相変わらずお菓子とか好きねぇ……。なんだか『食べ歩き』って感じじゃない。それで太らないんだから、感心しちゃうわよ。でも……私も倉敷に行くなら、『ひがし田《だ》』の『アナゴ押し寿し』が食べたいなぁ……♡」

「あ、聞いたことある。通好みの店なんだってね」

「そうよォ♡　アツアツの『とろろ蒸し』も最高だし。この機会に連れてってあげるわ」

「うんっっ♪」

「明後日のお出かけに備えて、明日はゆっくり休養して、英気《えいき》を養っておきなさいよ。お父さん達に会ってガツンとやられたら、たちまち功ちゃんシュンとなっちゃうし――せっかく来たんだから、まずは楽しみましょう」

「そうだね」

実家へ御百度を踏むために来たのだけれど、どうせなら楽しまなきゃ損だよ。

俺は明彦さん達と入れ代わりに風呂へ入ってから、眠りの淵に墜落するように、瞬《また》く間にぐっすりと熟睡した。

♡　♥　♡

そして次の日。

双生児は早速『絵本を読んで』とせがんできた。

姉ちゃんは仕事に出かけ、明彦さんとお義兄さんは、リビングでのんびりテレビを見ている。

俺は布団を片づけたあと、和室で絵本を読んであげることにした。

腰を落ち着けた途端、双生児はガッチリ俺の両脇を固めてみーくんを牽制《けんせい》し、一歩も譲らない。

そこで、みーくんは「う〜」と唸《うな》って考えた末、俺の膝の上に座った。

すると、意表を衝《つ》かれた双生児は当然怒り出す。

「ずりゅい！　ちゅばしゃもコータンのおひざにしゅわる〜！」

「ずりゅい！　かけりゅもコータンのおひざのうえがいい〜！」

双生児は音声多重で叫びながら、みーくんを引きずり下ろそうとする。

「あ〜、もう！　ケンカするなら読まないよ」

俺が呆《あき》れてそう言うと、今度は途端にシュンと項垂《うなだ》れ、俺の顔色を窺《うかが》う。

「ごめんなしゃい、コータン。かけりゅ、ケンカしない」

「ちゅばしゃもいいこにすりゅから、えほんよんで」

「よしよし。じゃあ、読むよ」

俺は精いっぱい情感を込めて絵本を朗読《ろうどく》し始めた。

双生児もみーくんも、真剣な顔でじっと絵本に見入っている。そして、時々絵を指さしては、説明を求めてくるんだ。

俺はその度に解説を加えながら、二冊の絵本を読み上げた。

「ねえ、コータン。もういっかいよんで」

俺は双生児にねだられるまま、再び二冊の絵本を朗読する。

今度は口を挟むことなく、みんな大人しく聞き入っていた。

どっちの絵本も気に入ってくれたみたいだ。

よかった……。一生懸命選んだ甲斐《かい》があったよ。

子供達には、絵本を通していろんなことを学んでほしい。

勇敢で、思いやりのある優しい子供に育ってほしい。

俺は彼らに、自分より小さくて、体力的に劣《おと》る大人しい子を苛《いじ》めるような、残酷な子供になってほしくないんだ。


「そろそろお昼だねぇ。お昼ご飯でも食べに行くかい？」

突然お義兄さんが和室を覗いて言う。

時計を見ると、もう十一時だった。

「あ……俺、作りますよ。『買い置きの食料は、どれでも好きなように使って』って、姉ちゃんが言ってたし……。お義兄さん、何か食べたいものがありますか？」

「僕はお好み焼きとか好きだねぇ……。でも、焼き方に拘《こだ》わりがあってね。広島風の、小麦粉の皮で具を挟んで蒸し焼きにするヤツじゃないと嫌なんだ。もちろんソースはお好みソースだけ！　マヨネーズを合わせるのは邪道だ！　岡山じゃ、ケチャップやマスタードまでかけたりしてるけど、そういうのは問題外だね。僕の味覚には合わない。ソースの上に、鰹節《かつおぶし》と青海苔《あおのり》と紅ショウガを乗せて食べるのが最高だ」

「解りました。じゃあ、広島風の、ソースだけのお好み焼きにします。そばもうどんも買い置きがありましたけど、モダンにしますか？」

モダン焼きというのは、お好み焼きにソバかうどんを入れたものだ。本当の『広島風お好み焼き』がどんなものか知らない人は、『モダン焼き』が広島風だと思い込んでいたりするけど、ソバやうどんはトッピングのひとつで、必ず入っているワケじゃないんだよね。

「うん。僕はソバ入りのブタ玉♡」

「明彦さんは？」

「僕も同じで……」

俺は早速調理に取りかかる。

そこでお義兄さんは、子供達を集め、おもむろにハンカチを取り出して、折り紙ならぬ『折りハンカチ』を始めたんだ。

「ほーら、バナナだー♪　美味しいなー♡」

黄色いハンカチで作ったバナナの皮を剥《む》き、食べる真似をしてもとのハンカチに戻すと、今度はリボンを折り上げていく。

リボンといっても、チョウチョ結びをするんじゃなくて、昔のマンガやお伽噺《とぎばなし》に出てくるお姫様が、頭の天辺《てっぺん》に乗っけているような――立体的な、リボンつきのカチューシャを作っているんだ。

頭に乗せればリボンだけど、目に当てると眼鏡になる。俺もちっちゃい頃、詩織姉ちゃんに教わって、これを作って遊んだものだよ。

(懐かしいなぁ……)

だが――お義兄さんは突然、俺の感慨を吹き飛ばすような、思いもつかないことをしてくれた。

「今度はブラジャーだよ～♪　あっは～ん♡」

思わずズッコケたよ～。

だってさ。お兄さんって、眼鏡をかけた秀才タイプなんだよ。そういう人が……ハンカチで作ったブラジャーを胸に当てて、クネクネしながら『あっは～ん♡』だなんて、やると思う～!?

思わないよ、普通は！

「お兄さんって、案外お茶目なんですね……」

そういえば、結婚した頃姉ちゃんが言っていた。

『大空《おおぞら》って、のほほ～んとしてる割りに、意外と神経質で、細かいことに拘《こだわ》るの。そのくせ、自分が興味ないことはまるっきり「どうでもいい」って感じなんだから。逆に、こうと決めたら意地でも押し通すのよ。親が大病院経営してて、本当は息子を医者にしたかったらしいんだけど。絶対嫌だと言い張って、家を飛び出して、自分のやりたい仕事に就《つ》いたの。結局、息子可愛さに親のほうが折れたわ。優しそうな顔に騙《だま》されちゃダメ。アイツはかなりしたたかだし。蔭でこっそりヤンチャもしてる。意外性がウリの変わり者だから、ビックリすることもあるだろうけど。根はいいヤツなのよ』

意外性がどこにかかるのか、俺は今《ま》まで誤解していたかもしれない。

明彦さんも、お義兄さんの意外性を目の当たりにして呆然としていたが、子供達はまったく気にしていない。

「ちゅばしゃもしゅりゅ～！」

「かけりゅも～！」

「みーくも！」

「じゃあ、みんなにも折り方を教えてあげよう」

「わーい！」

お義兄さんに教わりながらハンカチを折り、嬉々としてブラジャーで遊んでいる子供達。さすがに子供がやると可愛いけど――お兄さん。お願いだから、あんまりミョーなこと教えないで～☆

子供達がお義兄さんとふざけて遊んでいるうちに、お昼ご飯の仕度ができた。

みんなで食卓を囲んで、「いただきます」と手を合わせて食べ始めた。次の瞬間、お義兄さんが満足そうに笑って言う。

「美味しいな。詩織が焼くのと同じ味だ」

「そりゃ、俺の料理は姉ちゃん直伝《じきでん》ですからね」

そこで明彦さんが口を挟む。

「大空さんも、詩織さんに胃袋から惚れたクチですか？」

「いえ。僕は配偶者に料理の腕など求めません。気に入らなければ、外食すればいいだけの話ですから」

「はあ……」

家庭料理派の明彦さんには、納得できない意見だったようだ。

「僕が詩織と結婚しようと思ったのは、一番居心地のいい相手だったからですよ」

お義兄さんはそう言って、遠い瞳をした。

「僕の両親は、僕のためだと言いながら、自分の希望を押しつけるような人達でしたから。正直なところ、僕は家庭に夢を抱《いだ》けなかった。自由でいられなくなるくらいなら、一生独《ひと》りでいたいと思っていたんです。だけど詩織は、僕が独りでいたい時は放っておいてくれるし。人恋しく思っていると、手を差し伸べて温かい気持ちにさせてくれる。だから、詩織となら、ずっと一緒に暮らしていけると思ったんです。僕の目に狂いはありませんでしたよ」

なんだかノロケられたってカンジ。

「お義兄さんは、ご両親とモメて家出したそうですが、どうやって和解したんですか?」

「僕は頑固者《がんこもの》だから、自分達が折れるしかないと悟《さと》ったんでしょう。放っておきさえすれば、優等生のいい息子でしたしね。表向きは……」

「裏があるんですか～?」

「裏表のない人間なんていませんよ。詩織だって、君にとっては過保護で優しい姉だけど、双生児にとっては、時々角《つの》を出す強くてコワ～いお母さんでしょう」

確かに、相手によっては表に出る性格は変わるけど。煙《けむ》に巻かれているような気がするのは、気のせいじゃないだろう。お義兄さんって、ホント謎だ……。

♡
♥
♡

月曜日は一日倉敷で遊んで、翌、五月一日。

昨日の疲れが残っているのか、午前七時を迎えた今も、みんなまだ眠っている。

俺だけが、緊張のあまり、早くから目が覚めてしまった。

なんせ今日、いよいよ両親と対面するんだ。

正直なところ、二人にどういう反応を返されるか、行く前から予想がついてしまう。

自分にも他人にも厳しくて、世間体を気にする父さん。

好き嫌いが激しく、エエカッコしいで、他人の目を気にする母さん。

この二人が、世間様から後ろ指さされる息子の性癖を、そう簡単に受け入れてくれるはずがない。

ましてや、今回は明彦さんが一緒だから、父さんはきっと、大魔神のように荒れ狂うだろう。

考えただけで不安になって、いても立ってもいられない。

俺は寝ていることが苦痛になり、朝食の準備を始めた。体を動かしている間は、あれこれ思い悩まなくて済むからね。

ほぼ出来上がった味噌汁に卵を落とし、大根をすり下ろし始めたところで、詩織姉ちゃんが現れた。

「おはよう、功ちゃん。あら、朝食を作ってくれてるの？　助かるわぁ♡」

姉ちゃんは俺と一緒にキッチンに立ち、デザート用の『兎りんご』を作りながら、話しかけてきた。

「ねえ……功ちゃん。昨夜大空とも話してたんだけど、実家に行く時、みーくんはうちに置いていきなさい」

「え……でも、それじゃ、お義兄さん一人で三人も面倒を見ることに……」

「大丈夫よォ。うちの子はいつも、二人で勝手に遊んでるし。みーくん、大空にも懐いてくれたみたいだしね」

「でも……子供達、張り合ってケンカばかりしてるのに……」

「それは、功ちゃんの取り合いをしてるだけでしょ。子供同士のケンカなんて、珍しくもないわよ。それより、子供に大人の諍《いさか》いを見せるほうが、ずっと教育上好ましくないと思うの。父親が頭ごなしに否定されて、攻撃される姿を見せたりしてごらんなさい。心に一生ものの傷が残るかもしれないわ」

確かに、姉ちゃんの言う通りだ。

「大丈夫よ。大空だって、ああ見えても二児の父親なんだから」

「ああ見えてもはないでしょう」

いつの間にかキッチンの入口に、お義兄さんが立っていた。

「心配しないで、僕に任せてください。君達が出かける前に、春日池公園にでも連れ出します」

春日池公園は、春日通りの大きな池を内包した広い公園だ。釣りをしている人もいるし、いろんな木を植えたウォーキングコースや、菖蒲《しょうぶ》園やバラ園の他に、遊戯《ゆうぎ》施設もある。きっとみーくんも喜ぶだろう。

「お義父さん達に追い返されて、『今日はもうダメだな……』と思ったら、携帯に電話してください。それまで責任を持って、僕がみーくんを預かりますよ」

お義兄さんはニッコリ笑って、頼もしく胸を叩いてくれた。

だから、俺はご厚意に甘えることにしたんだ。

お義兄さんが子供達を連れて出かけたあと、俺達は姉ちゃんと一緒に、緊張した面持ちで実家へ向かった。

一年五カ月ぶりの懐かしい実家。

あの時と同じように、姉ちゃんが玄関の扉を開いて声を張り上げる。

「おはようございます～。詩織ですぅ～」

ちょうど姉ちゃんが来る時間帯だから、勝手に上がれとばかりに、鍵を開けてあるんだ。

姉ちゃんに続いて、明彦さんも声を張り上げた。

「おはようございます！　お義父《とう》さん、お義母《かあ》さん！」

すると、父さんが奥からダッシュで現れた。

「何がお義父さんだ！　この変態破廉恥《はれんち》漢《かん》め！」

叫びながら、叩きつけるように塩を撒《ま》く。

「お父さん！　なんてことするのよ！」

「うるさい！　お前は黙ってろ！」

父さんは姉ちゃんまで怒鳴りつける。

そして俺は、どうしていいか判らずに、ひたすらオロオロするばかり。

父さんは憎々しげに明彦さんを罵倒《ばとう》し続ける。

「性懲《しょうこ》りもなくまた現れおって！　帰れ帰れ！　このくそったれの最低野郎！　貴様の顔など見たくもないわ！」

「いいえ、帰りません。お願いですから、話を聞いてください」

明彦さんは真摯《しんし》に訴え頭を下げたが、父さんは耳を塞《ふさ》いでツーンと外方《そっぽ》を向く。

「貴様なんぞの話を聞く耳はない！　耳が腐《くさ》ってしまうわ！　諦めてとっとと帰るんだな！」

明彦さんは、遂《つい》に土下座《どげざ》までした。

「どうかお怒りを静めてください。僕達は、お義父さん達と和解したいんです」

「和解だぁー？　たとえ世界の終わりが来ても、そんな機会が来るかい。ワシの得意技は、和解より破壊じゃあ～！」

そう言って、父さんは飾り棚に置いてあった花瓶《かびん》を床に叩きつけた。

「ああっ！　お母さんが大事にしている花瓶が……！」

姉ちゃんと俺が同時に叫ぶ。

「いやぁぁぁ……ッ！」

母さんの絶叫が聞こえたかと思うと、真っ青な顔をして本人が飛び出してきた。

花と水と花瓶の破片が撒き散らされた床を見て、母さんはヘナヘナとその場に頽《くずお》れる。

「……あなたが来ると、ろくなことがないわ……。功一を誑《たぶら》かしただけじゃ飽きたらず、まだ私を苦しめたいの……？　あなたさえ来なかったら、我が家はずっと平穏だったのに……！　あなたさえいなかったら、功一は今もこの家にいたのに……！　あなたさえいなかったら……ッ！」

明彦さんを責めながら、母さんは大声を上げて泣く。

胸が引き絞られるような泣き声に、明彦さんも辛《つら》そうに眉を寄せた。

「僕はお義母さんを苦しめたいわけじゃありません。功一くんを産んで、こんな素晴らしい青年に育ててくださったご両親に感謝こそすれ……」

「あなたのために育てたんじゃないわ！　私には私の夢があったのよッ！　あなたのせいで、何もかも狂ってしまった……！　私の功一を返してッ！　昔のままの功一を返してよォ……ッ！」

明彦さんは言葉を失くして黙り込む。

誰もが沈黙し、母さんの嗚咽《おえつ》だけが響く中で、俺は静かに口を開いた。

「お母さん……。俺は以前と何も変わっちゃいないよ。自分の心に正直になっただけなんだ。お母さんにとって、俺は息子と呼ぶには恥ずかしい人間かもしれない。でも、俺はお母さんが好きだし、お母さんがありのままの俺を受け入れてくれたら、いつだって、お母さんの息子の功一に戻りたいと思ってる。……戻りたいよ……。お母さんの可愛い息子に戻りたい……」

父さんは、切々と訴える俺を鼻先で笑った。

「ワシらの息子に戻りたいなら、簡単なことだ。そいつと別れりゃいい。そうしたら、迎えてやらんこともないぞ」

「それはできないよ。俺は明彦さんを愛してるんだ。お父さんやお母さんを思う気持ちと同じくらい、愛してるんだから」

「綺麗事なんか言わないでよ！　あなたは……私達より、その人を選んだんじゃない！　その人のほうが大事なんでしょう!?　私達よりずっと、その人を愛してるんでしょう!?」

親を思う気持ちと、明彦さんを思う気持ちと、果たして比べられるものだろうか？

「じゃあ……俺も聞きたいよ。お母さんは、俺より美容師の仕事のほうが大事だったの？　だから、俺を詩織姉ちゃんに任せて、仕事に全力を注いでたの……？」

「バカなこと言わないで！　仕事は好きだけど、それだけで頑張ってたんじゃないわ！　あなたがいたからよ！　子供を育てるにはお金がいるの。あなたに充分な教育を受けさせてやるために、一生懸命頑張ってたんじゃない！」

解ってる。

解ってるから、俺、一度も不満に思ったりしなかった。

「俺だって……母さん達がどうでもいいから、明彦さんについて行ったんじゃないよ。ケンカしたって血縁は切れないけど、明彦さんとは他人だから、一緒にいなきゃ家族になれないんだ」

俺は明彦さんの家族になりたかった。早くに両親に先立たれ、淋しい思いをしてきた明彦さんの、最高の家族になりたかった。

「どっちも大切だよ。どっちかなんて選べない。だから辛いんだ。辛いから……和解してほしいんだ……！」

俺は心からそう叫ぶ。

母さんは一瞬切なげな顔をした。

身を震わせていた父さんは、遂に頭《かぶり》を振って喚《わめ》き出す。

「ええい、煩《うるさ》い！　もう何も聞きたくない！　帰れ帰れ！」

憤怒《ふんぬ》で顔を真っ赤に染めて、父さんは俺達を玄関から摘《つ》まみ出し、力任せにドアを締め、鍵まで掛けてしまったんだ。

結局……手土産すら渡せなかった……。

「お父さん、お母さん、開けてよ！」

叫びながら、力任せにドアを叩いた俺の手を、明彦さんが掴んでやめさせる。

「もうそれくらいにしたほうがいい」

「でも……」

「持久戦《じきゅうせん》になるのは覚悟の上だ。押しまくるだけじゃ、相手をますます怒らせてしまうこともあるからね。今日のところは、いったん退《ひ》こう」

俺はようやく、明彦さんが俺を止めた一番の理由が解った。

「あら、やっぱり功一くん？　しばらくねぇ……。どうしてたの？　なんだか賑《にぎ》やかだったけど、いったい何事？」

お隣の奥さんは、ずっと我が家の様子を窺っていたらしい。

「いえ……なんでもありません」

俺は笑って誤魔化し、明彦さんともども逃げるようにその場を立ち去った。


お義兄さんに電話をかけ、姉ちゃん宅に戻ると、しばらくして、お義兄さん達もご機嫌で帰ってきた。

「倉敷の写真、できましたよ。公園に行くついでに、現像に出して来たんです」

愛用の一眼レフでお義兄さんが撮ってくれた写真は、楽しげなその場の雰囲気までしっかりと捕えている。

「お義父さん達の分も焼き増ししましたから、明日、持っていってあげてください」

「でも……持っていっても無駄じゃないかな……」

俺はお義兄さんに、今日のことを話した。

「なるほどねぇ……。でも、怒鳴られたり泣かれたりした……ってことは、脈ありですよ。良かったですね」

お義兄さんは、妙な納得の仕方をして暢気《のんき》に笑っている。

「ちっとも良くないです。俺の話、ちゃんと聞いてますか？」

「聞いてますよ。本当に恐いのは、完全なる無視と沈黙です。怒鳴りつけたり泣き喚《わめ》いたりするのは、それだけの情が残っている証拠。少なくとも僕だったら、感情的に不満をぶつける時は、同時に相手に対する和解の糸口を発していますね。それを上手に読み取って満たしてあげれば、大団円に持っていけるでしょう。頑張ってください」

お義兄さんは簡単に言うけど、それが一番難しいんだってば。

だが、明彦さんは何か考えが閃《ひらめ》いた様子だ。

「大空さん、便箋と筆記用具を貸していただけますか？」

「そう言うかな……と思って、買ってきましたよ」

お義兄さんは趣《おもむき》のあるレターセットを取り出した。

「手紙なんて、きっと読まずに捨てちゃうよ。俺だって、今まで何度も書いたけど、一度も返事をくれたこと――」

「返事が来ないから、読んでないとは限りませんよ」

弱気な俺の言葉に、お義兄さんは飄々《ひょうひょう》と反論する。

「どういうこと？　何か知ってるんですか？」

「一般論です」

遠回しな言い方じゃ、何が言いたいのかサッパリ解らない。

「そう言えば……もう五月ですねぇ……。鞆《とも》の浦《うら》では、鯛網《たいあみ》が始まってますよ。昔、村上水軍が考えたという伝統的な漁法なんです。平日は一回、日曜祝日は朝と昼の二回やってます。見学時間は二時間程度だし、ここからそう遠くはありませんから、ぜひ行ってみましょう。僕、また記念写真を撮ります♪」

「いいですね」

いきなり観光に話題を変えたお義兄さんに、明彦さんはニコニコと同調している。

「駅の近くには、『自動車時計博物館』なんてのもありますよ。古い時代の貴重な車やゼロ戦が展示されてて、実際に乗ってみてもいいんです。笠岡のカブトガニ博物館には、丸太を組んだアスレチック遊戯施設や、恐竜公園が併設《へいせつ》されてますし。尾道《おのみち》の千光寺《せんこうじ》は、牡丹《ぼたん》が咲いてる頃じゃないかな。ロープウェイに乗ってみるのも一興《いっきょう》でしょう。みーくん、きっと喜びますよ」

俺は実家に日参して、座り込みでもする覚悟で帰郷したのに――結局お義兄さんに連れ回され、観光のほうがメインになってしまったんだ。

いろんな場所で、たくさんの写真を撮ってもらった。
笑っている俺。
笑っている明彦さんとみーくん。
そして、翔と翼も笑ってる。みんな楽しそうだ。
俺達は実家を訪れる度、写真に短い手紙を添えて、実家の郵便受けに入れておいた。
『今度はお義父さん、お義母さんと一緒に行きたいです』

明彦さんの文面はどれも同じ。たったそれだけ。

でも、コンパクトな内容に、ギュッと気持ちが詰まってる。

俺の手紙は、明彦さんの指示で、両親と過ごした郷里の思い出を懐かしむ内容がメインだ。

結局最後まで心を開いてもらえなかったけど、続けることに意味があるのだと、明彦さんは言う。

その時、お義兄さんがこう励《はげ》ましてくれた。

「二〇〇一年四月一日から、世界で初めて、オランダで同性間結婚が法的に認められているんですよ。いずれ日本でも、そういう日が来るかもしれません」

心に小さな希望の光が点《とも》る。

いつか——俺達の関係が社会的に認められる日が来れば、両親の対応も、少しは違ってくるかもしれない。

いつか——。

俺はその日を心の中に想い描く。

『夢見ることがエネルギーになる』

詩織姉ちゃんの言葉通り、夢の未来が、現在の俺を支える力になっていた。

エピローグ～　二〇〇一年七月～

紫陽花《あじさい》が色鮮やかに咲く季節。

それを背景に家族写真を撮った。

そして俺は、また写真を実家に送る。

もちろん、両親に宛てた手紙を添えて――。


お父さん、お母さん。お元気ですか？

今年も紫陽花が色とりどりの花を綺麗に咲かせましたね。

紫陽花は、アルカリ土に植えると桃色に、酸性土に植えると青色に偏《かたよ》った花を咲かせます。

でも、中性土に植えると、さまざまな色の花を一株に一度に咲かせることができます。

俺も中性土に植えた紫陽花のように、いろんな色の愛の花を心に咲かせたい。

花の色は違うけど、俺は明彦さんを愛する気持ちと同じくらい、お父さんお母さんを愛してます。

たとえ拒《こば》まれても、何度でも会いに行きます。

この思いが届くまで、諦めません。

功一

七夕《たなばた》には、飾り付けした竹笹《たけざさ》を背景に写真を撮った。

その写真を葉書にプリントして、今度は暑中見舞いを送る。

もちろん、詩織姉ちゃんにも。


親愛なる詩織姉ちゃん。

竹笹の色とりどりの七夕飾りに、夏の訪れを感じる季節になりましたが、いかがお過ごしですか?

翔と翼も、幼稚園で七夕飾りを作ったんでしょうね。

俺達も、五色の短冊に願い事を書いて竹笹に飾りつけ、川に流しました。

願い事、叶《かな》うといいけれど……。

さて、この度お手紙差し上げましたのは、もうすぐ姉ちゃんの誕生日なので、プレゼントの花をお届けするご報告です。

十八日の誕生日に先駆けて、姉ちゃんの休日である月曜日、七月十六日の午前中に届く予定ですので、そのつもりで待っていてください。

八月には、また帰省します。

功一

詩織姉ちゃんの誕生日プレゼントにアレンジした花は五種類。

メインにしたのは、バラを思わせる豪華な八重咲《やえざ》きの白いトルコギキョウ『キングオブスノー』と、同じく八重咲きのクリーム色の大輪《たいりん》のトルコギキョウ『ムーンライトダブル』。

花言葉は『よい語らい』『華麗なヒロイン』など。

そして、濃紫のカンパニュラ――風鈴草ともいう鐘《つりがね》型の花。

花言葉は『温かい心』。

鐘状の花をたくさん咲かせる、ピンク色のジギタリス――別名フォックスグローブ（狐の手袋）。

花言葉は『胸の思い』。

かんざし状にたくさんの小花をつける緋色のバーベナ。

花言葉は『私のために祈って』。

それらをボックス入りにして、誕生日二日前の月曜日――七月十六日に届くように送ったんだ。


八月には、父さんと母さんの誕生日がある。

受け取ってもらえないかもしれないけど、帰省した時、二人にも花を贈ろう。

父さんには、ハイビスカスの鉢植えを。

ハイビスカスの花言葉は、『私はあなたを信じています』。

母さんには、壊れてしまった花瓶の代わりに、似たような花瓶を添えて切り花を。

ピンクのバラは『捧げる愛』。

深紅色のアスターは『私の愛を信じて』。

黄色のヒオウギは『誠意』。

白いヘリオトロープは『愛よ永遠なれ』。

花が大好きな母さんだもん。俺達からの贈り物だからって、むざむざ捨てたりしないよね。


咲き誇る花よ、どうか俺の気持ちを伝えて。

頑《かたく》なな両親の心を、少しでも和《やわ》らげて。


俺はそう祈りながら、花言葉の本を閉じた。

夏休みはもうすぐだ。

この夏こそ、両親の笑顔がみれるといいけれど——。

カレーの王子様

うちの旦那さん 番外編

1. 王子様、今日も頑張る！

大沢明彦《おおさわあきひこ》氏は、現在子持ちのバツイチ。離婚して三カ月が過ぎました。離婚前から、純情一途《いちず》に慕《した》ってくれる功一《こういち》くんにすっかり心が傾《かたむ》いていて、離婚するなりプロポーズして（といっても、男同士だから婚姻届は出せませんが）、あっという間に新しい家庭を築き、幸せをつかんだんです。つまり、新婚三カ月目なんですね。

功一くんはまだ十八歳。ピチピチの若妻です。些《いささ》かロリーな外見をしていて、一見少女のようにも見えます。言葉遣いが女の子してたら、絶対勘違いしそうですが、れっきとした男の子です。声を聞いたら『あれっ？』と思うかもしれません（確信は持てないでしょうけど）。

昔は女の子みたいな自分に多少コンプレックスを抱いていたようですが、今は『可愛い』と言われたら、頬を染めて喜んじゃってるので、せいぜい言ってあげてください。功一くんの目標は、可愛い奥さんだそうです。

容姿・性格さることながら、料理も洗濯もアイロン掛けもお掃除も得意。育児もバッチリ。ついでにアッチの具合もいいようで……。明彦氏の可愛がりようといったら。もう、

目の中に入れても痛くない……ってくらいです。明彦氏の瞳を覗《のぞ》いてみてください。しっかり

　ほーら。ホントに目の中に入ってますよ。功一くんが映ってるでしょう?

　キッチンでくるくるとよく働く功一くんの姿を、今日も続き間のリビングルームから目で追ってるんです。

　そしてここにも、功一くんの姿を目で追う人物が……!

　彼の名は大沢光彦《みつひこ》。明彦氏の一人息子です。一歳二カ月の赤ちゃんです。彼も功一くんが大好きで、現在の野望は、功一くんとお口とお口でチューすること。

　嫉妬《しっと》深くてケチでイジワルなパパは、いつも功一くんを独り占めしようとするんです。だから、この大いなる野望を達成するには、こっそり間男《まおとこ》するしかありません。

　でもまあ、そこは赤ちゃんのサル知恵ですから。そんなことは考えもせず、ただただ二人の動向をチェックし、こっそりキスでもしようものなら騒ぎ立て、大泣きしながらチューをねだる毎日。騒げばとりあえず、ほっぺにチュ♡　はしてもらえるので、光彦くんはいつも鵜《う》の目鷹の目で様子をうかがっているんです。

「ご飯できましたよぉ♡」

功一くんが、リビングで待つ家族に声をかけました。今日のメニューは『鶏肉のつくね団子』『筑前煮《ちくぜん》』『締《し》め鯵《あじ》と胡瓜《きゅうり》のわさび酢かけ』『ほうれん草のココット』です。

「光彦、行こう」

明彦氏は我が子を抱き上げて、ダイニングテーブルに備え付けてあるチャイルドシートに座らせます。

光彦くんは、功一くんに前掛けをしてもらって、嬉しそうに一言。

「こーちくん、ぐあん！」

燕《つばめ》の子みたいに口をあーんして、功一くんが食べさせてくれるのを待っています。

でも……。

「ほーら、光彦。ココットだよー」

食べさせてくれるのは、パパだったりして……。

「やん！　こーちくぅん！」

「こいつぅ……。パパが手ずから食べさせてやろうというのにっ！　不服だってのか？」

コックン。正直に頷《うなず》いちゃって。明彦氏の額《ひたい》には怒りマークが浮かんできました。

「……よく言った、光彦。子供だからって、あんまり調子に乗るんじゃないぞ。お前はどこかの王子様か、ああ？　功一くんに甘え過ぎなんだよ。パパだって、食べさせてもらったことなんかないのに。お前ばっかり優しく面倒《めんどう》見てもらって、いいと思ってるのか！」

な……何やら争点が微妙にズレてるような気がするんですけれども……。

明彦氏は意地になってしまったようです。

「そんなにパパが嫌なら、自分でしなさい。功一くん、手伝ったりするんじゃないぞ」

功一くんは、困ったように二人を見比べています。

明彦氏はそ知らぬ顔で、『つくね団子』を肴《さかな》に晩酌《ばんしゃく》を始めました。

「美味《おい》しいなぁ。功一くんのご飯は最高だなぁ♡」

わざと当てつけるように誉《ほ》めちぎります。

光彦くんは思わず涎《よだれ》が……。

「こーちくん、ぐぁんー」

涙目になりながら、お口を開けてチィパッパ。

功一くんは言いました。

「みーくんも、そろそろ自分で食べる練習を始めてもいい頃だよ。お手々とフォークで、やってごらん」

はい、と渡されたフォークを、光彦くんは「てぇい！」とばかりに振り払います。その時、運悪くつくねの皿にまで手が当たって、大好きなつくねが床にダイビング!!

「コラ！　食べ物を粗末《そまつ》にする奴があるか！　功一くんが一生懸命作ってくれたものなんだぞ！」

弱り目に祟《たた》り目。パパの厳しい一喝《いっかつ》に、光彦くん、思わず竦《すく》み上がります。

「びぇ……」

「泣けば許されると思うなよ……」

「あ……明彦さん。子供相手にすごんでどうするの」

「甘やかしてばかりいたら、躾《しつけ》なんてできない」

「それはそうだけど……」

怒るより、褒めて煽《おだ》ててやらせるほうが、自立心を養えるんじゃないかなー……なんて、功一くんは考えたりするわけなんですよ。

「わざとじゃないもんね。みーくん、つくね好きだもんね。俺の分けてあげるから、食べてごらん。パパみたいに、カッコよく自分で食べられるよね。いつまでも食べさせてもらう赤ちゃんじゃ、恥ずかしいぞ。早く大人の仲間入りしよう」

大人ってなんだろう。

確か、パパと功一くんがチューしてるのを見て、自分もチューをねだると、いつも『大人の真似をしたがる』って言われてたと思う。大人は『お口とお口でチューしてもいい』

ってことかしら？

だったら、何がなんでも早く大人の仲間入りがしたいっ！

光彦くん、俄然《がぜん》燃えます。ファイトです！

「お、フォーク掴《つか》んだぞ。しかも逆握り！」

そのまま『つくね団子』の器に振り下ろしてガッシャン！

飛び散る肉片。ダイニングテーブルに台風上陸。

まだ凶器《きょうき》を持たせるのは早いようです。先《ま》ずは手掴みからかな……？


食後しばらくして、お風呂タイムがやってきました。

「光彦。風呂だぞ」

この頃、お風呂係はパパが専属です。

「やーん！　こーちくん、いいの！」

やっぱり、同じ『抱っこ』で裸のお付き合いをするなら、功一くんのほうが……♡

「冗談じゃない。お前に功一くんの裸を触らせてたまるか。油断も隙《すき》もないんだからな。

重ねて言うが、功一くんはパパのものだ」

情《なさ》け容赦《ようしゃ》なく身ぐるみ剥《は》がされ、お風呂場に連れて行かれてしまいます。

「ぶー！」

不貞腐《ふてくさ》れて風船のように膨《ふく》らんだほっぺたを、つん！　とつつかれて。

「ぷっ！」

思わず息が漏《も》れてしまいます。

つん！

「ぷっ！」

つん！

「ぷっ！」

「……オモチャみたいだ……………」

明彦氏はクククと忍び笑いを漏らしました。

失礼窮《きわ》まりない態度に、光彦くんは終《つい》に癇癪《かんしゃく》を起こしてしまいます。

「きゃい！　パパ、きゃい〜っ！　ひーんっ！」

「こら、髪の毛引っ張るな。パパが悪かったよ。男の子がそんなに簡単に泣くもんじゃない。功一くんに笑われるぞ」

功一くんは笑ったりしないもん！

責めるような目つきでパパを睨《にら》むと、パパは優しく光彦くんの頭を撫《な》でながら言うんです。

「よく泣く男より、グッとこらえる男のほうがカッコイイ。カッコイイ男はモテるんだぞ」

光彦くんは、ぼんやり思い出します。確か功一くんは、『パパみたいにカッコよく……』と言っていたような気がします。

パパは簡単に泣かないカッコイイ男だから、功一くんはパパが好きで、パパとチューするのかもしれません。

光彦くんだって、カッコよくなれば、功一くんがチューしてくれるかも……。

「えへぇ……♡」

すでに妄想《もうそう》バージョンに思考がすり替わった光彦くんは、だらしなく笑っています。

「お前……、ホントに『さっき泣いた烏《からす》がもう笑った』ってヤツだな」

呆れながら、明彦氏は風呂場の戸をすこーし開けて、功一くんを呼びました。

「おーい！　光彦を拭《ふ》いてやってくれ！」

「はぁい！」

バスタオルを持った功一くんに抱き取られて、光彦くんはますますご機嫌。パパとのケンカもすっかり忘れてしまったみたいです。

いつもそう。光彦くんは感情の起伏が激しいと言うか、怒りんぼで泣き虫だけど、トリ頭なんですね。パパとのケンカも、多分コミュニケーションのひとつで、本気で嫌ってるわけじゃないんでしょう。

単に、功一くんを自分のものだと公言して憚《はばか》らない、功一くんに特別扱いされてるパパが、妬《ねた》ましくて仕方がないんですよね☆

2. 里帰りしましょ♡

十二月のある日、大沢さん宅に一通の手紙が届きました。

「あっ、詩織《しおり》姉ちゃんからだ！」

功一くんのお姉さんは、功一くんの一番の理解者です。すでに結婚して実家を離れていますが、職場が実家の美容院で、母親と一緒に働いているんですね。

長男である功一くんが、親不孝にも両親の反対を押し切って、明彦氏の腕に飛び込むことができたのも、彼女の存在があったればこそ。だから、詩織さんにだけは、引っ越しの後に『新しい家族』の写真を添えて、転居報告の手紙を出しておいたので、こうして便《たよ》りが届いたわけです。

懐かしさで胸をいっぱいにしながら、功一君は手紙を開封しました。

封筒の中には、便箋《びんせん》と一緒に往復はがきが入っています。

「なに、これ……。同窓会案内？」

大学進学や就職で郷里を離れたかつてのクラスメイトが多い中、小学校六年生時代の同窓会をやることになって、幹事さんから実家のほうに案内状が届いていたようです。功一くん宛なので、詩織さん、気を利《き》かせて送ってくれたんですね。

手紙には、こう書かれていました。


手紙と写真、送ってくれてありがとう。

幸せそうで何よりです。

父さんも母さんも、功ちゃんが家を出てから、とても淋《さび》しそうにしています。

ちょうど一月四日に同窓会もあるみたいだし、こっちに帰ってきませんか？

よかったら、旦那さんと子供を連れて泊まりにいらっしゃいよ。うちは狭いけど、親子三人くらいならなんとか泊まれるわ。

今さら実家には帰れないと思ってるでしょうけど。帰る、帰らないはともかく、正月くらい、両親に挨拶しに行くべきじゃないかしら。

うちの子達も、功ちゃんに会いたがっています。

もちろん私も会いたいわ。とても……。

大沢《おおさわ》さんと相談して、返事をください。

待ってます。

詩織

功一くんは、胸がきゅーんとするほど、故郷が懐かしくて、たまらなくなっちゃいました。

「詩織姉ちゃん……」

勘当《かんどう》されたも同然の身。『帰れない』と思うと、なおさら郷里が恋しい……ってところでしょうか。

思わずホロリときて、それを見た光彦くんも、泣きそうな顔で功一くんを見上げて言うんです。

「こーちくん、えーんえーん、めっ！」

功一くんは、赤ちゃんに慰《なぐ》められてる自分が、ちょっと恥ずかしくなりました。

「ホントだよね。恥《は》ずかしいね。カッコ悪いよね。みっともなくて笑っちゃうよ」

光彦くん、またひとつ勉強しました。泣くのはやっぱりカッコ悪いことだったみたいです。

（決めた。ボク、もう……泣かないもん！）

決意を胸に唇を噛みしめます。《ほんとかよ～☆》

「明彦さん。お願いがあるの」

旦那さんが帰宅した時、功一くんは早速手紙を見せて、帰省《きせい》のおねだりをしてみました。

今功一くんが住んでいる町から、功一くんの郷里まで、新幹線で六時間以上かかるんです。早めにチケットを取らないと、満席で帰れないかもしれません。明彦さんの車で帰る――っていうのも手だけど、明彦さん一人に負担をかけるのも申し訳ないし。ここは公共の交通機関に頼るのが一番。それなら『善は急げ』です。

「お義姉《ねえ》さんのおっしゃる通りだ。顔を出せた義理ではないけど、ちゃんと君のご両親にも認めていただきたいし。それなら小《こ》まめに足を運んだほうがいいだろうね」

こうして、功一くんの同窓会に合わせて帰省することに決まったのです。

♡
♥
♡

さて。暮れも押し迫ったある日のこと。

明彦氏は、勤め先の設計事務所の所長に呼び止められました。

「大沢くん。正月三日に、うちで内輪《うちわ》の新年パーティーをやるからぜひ来たまえ。君一人じゃ、正月気分もろくに味わえんだろう。もちろん子連れで構わないよ。家内も娘も子供が好きだし、心配はいらんよ」

「はぁ……」

離婚したことは知られているものの、若い男の子を妻にしたことは当然秘密です。だから、親切心で言ってくれてるのは解るし、気持ちだけはありがたいと思うのだけれど。

はっきり言って大きなお世話だ。うちの食生活は、毎日充実してる。出来合いの惣菜《そうざい》や出前――ましてや、レトルト・インスタントの類《たぐい》なんか出てきたことないんだよ。放っといてくれ！

明彦氏は、心の中だけでこっそり悪態《あくたい》をつきます。

功一くんは別れた妻よりずぅーっと家庭的なんです。同情してもらわなくたって、きっと、今まで食べたこともないような、美味《おい》しい御節《おせち》料理を作ってくれるに違いありません。

功一くんはどこへ出しても恥ずかしくない奥さんです。見目もいいし。性格もいいし。自分ほど素敵な奥さんをもらった男はいないと、明彦氏は確信しています。同性愛が禁忌《タブー》とされていなければ、明彦氏のほうこそ、所長や同僚を招待して、幸せぶりを見せつけてやれたんですけどね。

（なんで正月早々、光彦だけ連れて、行きたくもないパーティーに行かなきゃならないんだっっ！）

明彦氏は心の中で独《ひと》り言《ご》ち、その場はひとまず、『感謝してます』という笑顔で所長と別れました。

彼はすっかり失念《しつねん》していたんです。功一くんの同窓会は一月四日。でも、出発の日は三日だということを……。

「明彦さん、三日は何着て行くの？　やっぱり、赤ちゃん連れだと身軽な服のほうがいいのかな？」

夕飯の時、功一くんはにこにこしながらそう尋ねました。

「いや。子連れといっても、一応新年パーティーだし、やはりきちんとした格好のほうが……」

途端《とたん》に、功一くんの表情が曇りました。

「……それ、なんの話……？」

その時になって、ようやく気づいたんです。でも、約束を忘れていたとはとても言えません。

『明彦さんは、俺のことなんかどうでもいいんだっっ！』

なーんて、臍《へそ》を曲げて泣かれたりしたら困ります。

（こうなったら、『覚えていたけど、どうにもならなかった』という態度で通すしかないっっ！）

明彦氏の頭には、功一くんは優しいからきっと解ってくれる。許してくれる。そんな計算があったんです。

「すまない。実は……うちの事務所の所長のお宅で内輪《うちわ》のパーティーがあって、僕も招待されたんだ。君と結婚したことは誰も知らないし。妻に逃げられた子持ちのバツイチ男を憐《あわ》れんでの申し出だったから、無下《むげ》には断れなかった。……というか、断ったんだけど、遠慮してると思われて、押し切られてしまったんだ」

明彦氏の計算は大当たり。

「……そうだったんですか……。仕方ないですよね。俺達、夫婦といっても、戸籍上は他人だし。男同士だから、会社の人に知られるわけにもいかないし……。いいんです。今回は諦《あきら》めます。明日、チケットを払い戻ししてきます」

功一くんはいともあっさり納得してくれて、却《かえ》って面食らっちゃうくらいでした。

でも、感情というものは、計算通りにいかないものです。

ぽろ……っ。

ぽろぽろ……っ。

功一くんの瞳から、大粒の涙が溢《あふ》れ出して。

「あ……、あれ？　どうしちゃったんだろ。ゴミでも入ったかな」

笑って誤魔化してはいるものの、口元が引き攣《つ》っています。

「こーちくん？　イタイイタイ？」

光彦くんは、瞳をうるうるさせながらも、泣くまいと口をへの字に曲げて踏ん張っていました。が、功一くんがあんまり辛《つら》そうに見えたので、結局もらい泣きを始めました。

「功一くん……。泣かないで。僕達はれっきとした夫婦だよ。誰に言えなくても、万が一知られた時の覚悟なら、ちゃんとできてるんだ。やっぱり、君と一緒に僕も……」

「いけません！　男の人が仕事のお付き合いを疎《おろそ》かにしちゃ、ダメですよ。……今回は諦める……って言ったでしょ」

「でも、それじゃ君ばかり貧乏くじを引かされたことになる。同窓会なんて滅多にないことだし。そういう理由でもなければ、君も帰郷しづらいだろう？　いい機会じゃないか。光彦のことは、僕がちゃんと面倒みるから。何も心配しなくていい。君だけでも、予定通りお義姉さんの家に泊まりに行っていいんだよ」

功一くんは、本当は、明彦氏や光彦くんと一緒に郷里に帰りたかったんです。親兄弟と普通に親戚付き合いできたらなぁ……という期待があったから、こんなに帰郷を楽しみにしていたわけで。同窓会だって、そんなに出たかったわけじゃないし。一人で帰ったって、心から楽しめるワケがありません。

でも、やはり詩織さん達にも会いたいし。明彦氏が『一人で行ってもいいよ』と言ってくれた気持ちの裏側にあるものも理解できたので、それを確かめるように聞き返しました。

「いいの？　俺だけ行っても……」

「いいよ。お土産、楽しみにしているからね」

こうして明彦氏は、せっかくの家族旅行をフイにして、みーくんと二人で、正月早々三日間もお留守番しなくちゃならなくなったんです。

ああ……恨《うら》めしいのは、事情を知らない人間の温かい親切心。

『小さな親切大きなお世話』

♡
♥
♡

ところで、夫婦喧嘩《げんか》の仲直りと言えば、エッチと相場が決まっています。……まあ、この場合、ケンカと言うほどのものではありませんが。それでも、仲のいい新婚夫婦にしてみれば、それなりの事件なんですよね。

きっと今日は二人とも激しく燃えちゃったりなんかして。

覗いてみたくありませんか？

見たい人だけ私と一緒にデバガメしましょう。

そんなー、はしたない……と思った理性を捨てられない人は、次の章まで飛ばしてください。

《……って、そんな人は初めから読んだりしてないか☆》

光彦くんがベビーベッドの中で、大の字になって、すやすや寝息を立て始めた頃。明彦氏はそっと功一くんを抱き寄せました。無言のまま功一くんを見つめながら、柔らかな頬を撫《な》で続けます。

『愛してる』とか言わなくても、『目は口ほどに物を言う』。男は多くを語らないくらいで、ちょうどいいのかもしれません。

功一くんは、明彦氏を見つめながら言いました。

「さっきは、取り乱してごめんなさい。最初はあなたが俺との約束を忘れたのかと思って。それから……夫婦……っていっても、やっぱり普通と違うんだな……って、悲しくなってしまって……」

明彦氏は内心ドキーッ！　としましたが、お得意のポーカーフェイスとも言うべき微笑みで、功一くんを包み込み《丸め込む……というほうが正しいかもしれませんが》、弁解を口にします。

「僕にとって、君は一番大切な人だ。君との約束を忘れるわけないじゃないか。でも、僕は君に甘えていたんだな……。会社の上司なら、機嫌を損《そこ》ねないように気を遣うけど、君ならきっと許してくれる……なんて、勝手なことを思ってたんだ。傲慢《ごうまん》にもほどがあるけど」

後ろめたい時、旦那さんは、無口にキメたくても多弁になってしまうようです。

でもまあ……功一くんの場合、謝るフリの自己弁護でも、かなり効果があったりします。

根が素直で単純ですから。

「いいんです。疑ったりしてごめんなさい。あなたは俺を信じてくれてたんですよね。なのに俺ったら……ホントにごめんなさい。許して……くれますか？」

本当は、許してもらわなくちゃいけないのは、旦那のほうなんだよーぅ！　どうしてそこで、『自分が悪かった』なんて言うのかね。そんなだからつけあがるんですよ。

明彦氏は、いけしゃあしゃあと宣《のたま》いました。

「言葉だけじゃ、許せないな。ちゃんと態度で示してくれないと……」

「なんでもします。だから……明彦さん……」

縋《すが》る功一くんに微笑んで、そっと抱き上げて囁《ささや》きます。

「ベッドに行こう……」

明彦氏の寝室は、外国映画に出てくるような寝具が使われています。某有名通信販売会社のカタログの、高級感溢《あふ》れる輸入もののシーツとか、カーテンとかを使ってまとめた部屋の写真を想像してくださいませ。

綺麗にメイクされたベッドにそぉっと降ろされ、功一くんは、明彦氏の手でパジャマを脱がされていきます。

「脱がせてくれ」と言われ、功一くんも明彦氏のパジャマを脱がせ、二人はシーツの海に縺《もつ》れ込み、濃厚な接吻を繰り返しております。

「さあ。思う存分、君の愛を証明してくれ」

囁きに頬を染めながら、功一くんは、抱き合った位置から躰《からだ》を半分下にずらして、明彦氏の大事なところにキスをしました。

日本人男性の標準より大きいそれは、功一くんが口に含むには、結構難儀《なんぎ》そうです。でも、健気《けなげ》にもお口いっぱいに頬ばって、口を窄《すぼ》めるようにして、尺八《しゃくはち》だのハーモニカだのして、先っぽのほうを舌先でつついて、唇で挟んで引っ張ったりもして。ホントになんでもしてくれるんです。明彦氏はすっかり満足して、呻《うめ》きと共に、功一くんのお口に悦《よろこ》びを迸《ほとばし》らせました。

「上手だよ。すごく良かった」

明彦氏に抱き寄せられ、功一くんは、甘えるように旦那様の胸に顔を埋《うず》めました。

「今度はこっちで愛してくれないか？」

背中から滑り下りた明彦氏のたくましい手に、円《まろ》やかなお尻を揉《も》むようにつかまれて、まだ固い蕾《つぼみ》をくすぐられて、功一くんは思わず悩ましい声を上げてしまいます。

　功一くんが上になって抱き合ったまま合体して、今日も二人は夫婦の絆《きずな》を深め合います。

「ああん、明彦さん！　もっとぉ……」

「もっとどうしてほしいの？」

「もっと激しく……思いっきり突いてぇ……ッ！」

　可愛い奥さんのリクエストに応《こた》えて、旦那さんは一心不乱に腰を突き上げます。

　それに合わせて奥さんも、キュートなヒップを揺らし始めました。

「いい……！　あああん、幸せぇっっ♡」

「僕もだ。愛しているよ、功一くん！」

　どちらからともなく、唇を寄せ合って。言葉だけでは伝えきれない熱い想いをぶつけるように、深く激しく口づけて。

　しっとりまったり幸福感に酔い痴《し》れながら、二人は無我夢中で愛の高みに上りつめていきました。

「もうダメぇ……ッ！　イク！　イッちゃうぅ……ッ!!」

「何度でも達《い》かせてあげる！　今夜は朝まで眠らせないよ」

今だアツアツの新婚さんは、長～い夜をノンストップで飛ばし続けます。


一方、光彦くんは同じ『夢の中』でも静かなもんです。

「でへぇ♡」

どうやら幸せな夢を見ているらしく、口元がすっかり緩み切ってます。

いったいどんな夢を見てるんでしょうね。

まぁ……なんとなく想像はつきますけど。

3．二人でお留守番☆

年が明けて。明彦氏は、これまでの人生二十八年間のうちで、最高に幸せなお正月を過ごすことができました。二日目までは。

三日目の朝、功一くんは一人旅立ったのです。久方ぶりの故郷へ。

功一くんがいない我が家は、どこかうすら寒いし暗いし。ついさっきまでの幸せ～♡なムードが嘘《うそ》のよう。

光彦くんは、問いかける眼差《まなざ》しで明彦氏を見つめます。

「こーちくん、ナイ……」

「二回ねんねして起きたら帰ってくるよ。いや、昼寝を入れて五回か……」

なんだか気が遠くなるようなパパの言葉に、光彦くんは泣きたくなってしまいました。

「こーちくん、ナイ、ナイ！」

「ええい、泣くんじゃない！　泣きたいのはパパのほうだ！」

明彦氏は不安になっていました。何が不安か……って、今回の帰省の目的の一つに、同窓会があるからです。

小学校六年生の同窓会……ってことですが、そうなると功一くんの初恋の相手が来ているかもしれません。そいつとは、数カ月前に功一くんを取り合ったんですけど、すっごくヤなヤツって印象ばかりが残っています。

（ま……まさか、チャンスとばかりに、功一くんにモーションかけたりしないだろうな!?）

いやいや。功一くんが愛しているのは、現在は自分一人。そんなこと起こるはずがない。でも——功一くんにその気がなくても、言い寄られて無理矢理……ってことも有り得るかも……。なんたって、功一くんは可愛いから……。

明彦氏の心は千々《ちぢ》に乱れて、狂おしいまでに「でも……、でも……」と憶測《おくそく》による仮定を繰り返しています。

そんなの杞憂《きゆう》に過ぎないんですけど。

いえね、ここだけの話、六年生の時は、元カレとはクラスが違ってたんですよ。もしも顔を合わせる可能性があれば、功一くんは同窓会に出ようなんて思わなかったでしょう。

でも、反省を促《うなが》すためにも、明彦氏にはしばらくモンモンとしといていただきましょう。

《教えてあげないよー！　ジャン♪》

さて。功一くんが作っておいてくれたお昼ご飯を二人で淋しく食べて、お正月のバラエティー番組をぼんやり見て、明彦氏は三時頃、ようやく出かける支度を始めました。

着ていくものはすべて、功一くんが昨夜のうちにハンガーに一式吊《つ》るしておいてくれたし。革靴もピカピカに磨《みが》かれた余所《よそ》行きが出してあります。光彦くんのお出かけ荷物と手土産なんかも用意してあって、自分と光彦くんの着替えを済ませて出かけるだけです。

「ほら、光彦。着替えて出かけるぞ」

「こーちくん、いるの、行く？」

光彦くんは瞳をキラキラと輝かせました。ここで「いない」と言ってしまえば嫌だとゴネられそうです。

明彦氏は返答に困って、

「さぁなー。行って確かめてみような」

なんて、その場しのぎの言葉を口にします。

光彦くんはすっかり誤解してしまったようで、機嫌よく明彦氏の言うことを聞いてくれるようになりました。それはそれでラッキーなんですが……。

（あ……後が恐いっっ！）

知らないぞぉー。

所長のお宅は、閑静《かんせい》な住宅地にある一軒家。

門扉《もんぴ》の前で見知った顔と鉢合《はちあ》わせました。

今日は明彦氏のほかにも、独身の同僚が呼ばれていたようです。今年入ったばかりの新人もいます。

「あれー、大沢さん。お子さん連《づ》れでいらしたんですね」

「うわ、そっくり。まるで成長前《ビフオアー》・成長後《アフター》……ってヤツ？」

「ボク、お名前は？」

光彦くんは答えません。人見知りをして、パパの胸に顔を隠してしまいます。

「光彦。ちゃんとご挨拶《あいさつ》しなさい」

今日の光彦くんは、ちょっと素直です。早く功一くんに戻ってきて欲しいので、パパの言うことをよく聞きます。

「ちわっ」

言葉と一緒にお辞儀《じぎ》をしました。

「へぇ……、かしこーい！」

ふと、同僚の一人が明彦氏を見て言いました。

「それにしても……お前、離婚した割にはいつもパリッとしてるよな。もしかして新しい彼女でもいるのか？」

「えっ？　離婚してたんですか？　じゃあ、いつも持参の美味《おい》しそうなお弁当は、奥さんの愛妻弁当じゃ……」

「なにぃ⁉　やっぱり女がいるのか⁉」

明彦氏は曖昧《あいまい》に笑って言葉を濁《にご》します。

「そんなところで何を騒いでいるんだ？　早く入りたまえ」

各々《おのおの》新年の挨拶を述《の》べてから、所長のお宅にお邪魔します。

光彦くんはさっきからきょろきょろしっぱなしです。明彦氏はすっかり忘れていましたが、どうやら功一くんの姿を捜しているようです。

「こーちくん、ナイ……」

ギクリ。明彦氏は戦慄《せんりつ》しました。

「こーちくん！　こーちくん！」

光彦くんは、とうとう派手に泣き出してしまったのです。

「『こーちくん』て何？」

「ペットとか、オモチャなんかじゃないですか？」

「なんなんだね、大沢くん?」

皆の視線がいっせいに集まって、明彦氏は内心冷や汗をかきながら言葉を選びます。

「いつも光彦の面倒を見てくれている親戚のことです」

所長は訝《いぶか》しげに首を傾《かし》げました。

「お前さん、天涯孤独《てんがいこどく》の身だとか言ってなかったっけ?」

「はぁ……。親戚と言っても、縁《えん》があるようでないような……。亡くなった叔父の、離婚した奥さんの息子さんです。私より彼に懐《なつ》いていまして……。今ちょうど彼が正月で帰省しているもので、ずっとこの調子なんです」

苦しい言い訳。嘘八百とはこのことです。

「そりゃ、大変だなぁ」

とりあえず、そのことについては誤魔化《ごまか》せましたが。

「もしかして……例のお弁当も、『こーちくん』のお手製か? カップ麺しか作れないようなヤツに、弁当なんか作れっこないもんな」

「聞いてくださいよ、所長! 大沢さんのお弁当、いつもすっごいゴーカなんっすよォ! 俺、羨《うらや》ましくってっっ!」

「ほぉ」

とっても居心地悪いですっ。子連れで来たのは失敗だったかもしれません。

（平井さんに、光彦を預けてくれればよかった……）

後悔しても後の祭りです。


結局、光彦くんがわんわん泣いて収まらないので、明彦氏は早々にお暇《いとま》しました。

自宅に帰って、独り侘《わび》しく残りご飯でお茶漬けにして、むずかる光彦くんをどうにかお風呂に入れて寝かしつけます。

「はあ……。こんな状態が、あと二日も続くのか……」

一日目にして、すでにげんなりしちゃってます。

やっぱり、功一くんがいないとダメなんですね☆

次の日の朝は、トーストとカップスープ。昼は冷凍してあった五目ご飯のおにぎりを、レンジで温め直して済ませたものの、さすがにそこで食料が尽きて、買い物に出かけなければなりませんでした。

今日はもうさすがに泣いたりしませんが、光彦くんのご機嫌は超サイアク。呼んでもフイッと横を向いて知らん顔。

「いい加減にしろ！　功一くんは、明日の夜には帰ってくるって言ってるだろう!?　晩ご飯と明日の食料を買いに行くぞ！」

明彦氏は強引に買い物に連れ出しました。

スーパーに行ったまではよかったけれど、自分のものはともかく、幼い息子に何を買ってやればいいのか、明彦氏には解りません。お惣菜《そうざい》コーナーで延々悩んで、結局本人に聞いてみることにしました。

「今晩何が食べたいんだ？」

光彦くんは躊躇《ためら》うことなく答えます。

「かでぇ」

「かでぇ？　なんだ、そりゃ」

ふと後ろを見ると、レトルトカレーが本日特売になっています。

「ああ、そうか。カレーか」

明彦氏は、息子のためにお子様向けカレーとご飯と菓子パンを買って帰りました。

さて、夕食時になって、明彦氏はレトルトカレーを温めてご飯にかけ、光彦くんに食べさせてやります。

「ほら、光彦。カレーだよ。あーんして」

相変わらず不機嫌で、それでも光彦くんは渋々口を開けました。

ところがっっ！

カレーを口に入れた途端、顔を顰《しか》めてぷーっと吐《は》き出したのです。

「あっ、コラッッ！」

泣き喚《わめ》いてそれこそ手がつけられなくなりました。

「お前が食べたいと言うから、パパがせっかく料理して食べさせてやったのにっっ！」

料理とはよく言ったもんです。ご飯すら自分で炊《た》いてないくせに。温めて料理になるなら小学生でもできますぜ、旦那。

「……功一くんがいてくれたら、僕もお前も、毎日笑って暮らせるのになぁ……」

父子ともに、至《いた》れり尽くせりの豊かな生活に慣れきって、もう功一くんのいないギスギスした暮らしには耐えられません。

（功一く〜ん！　早く帰ってきてくれぇ〜っっ!!）

4. 王子様の大好きなもの♡

功一くんは、詩織《しおり》さんにお土産をたくさん持たされ、愛《いと》しい旦那様と息子の待つ町に帰ってきました。

明彦氏は光彦くんを連れて、駅の改札口まで迎えに来てくれています。功一くんには、遠目でもすぐに見分けられました。

「明彦さん！　みーくん、ただいま！」

光彦くんは、功一くんの声に気づいてパァッと顔を輝かせました。

「こーちくん！」

「お帰り」

それに引き換え、なんだか明彦氏は2～3日の間にえらく窶《やつ》れています。嬉しそうなのは、光彦くんに負けず劣らずですが。

「どうしたの？　何かあったの？」

心配顔で尋《たず》ねる功一くんに、明彦氏は気まずそうに、ここ数日の出来事を打ち明けました。

カレー事件の件《くだり》で、功一くんは首を傾《かし》げます。

「ちょっと待って。俺、みーくんにカレーライスなんてまだ食べさせたことないです。うちの食生活って、明彦さんの好みに合わせた和風の煮物中心だし。俺が辛《から》いの苦手だから、ハヤシライスならともかくカレーは……」

言われてみれば、そんな気もします。明彦氏は怪訝《けげん》そうに眉《まゆ》を顰《ひそ》めました。

「じゃあ、『かでぇ』ってなんだ……?」

「あっ、そうか!」

功一くんには、すぐにその正体が解ったみたいです。

「明彦さん。それ、カレーライスじゃなくて、『カレイの煮つけ』ですよ。去年の暮れ、明彦さんが忘年会で晩ご飯がいらなかった日に作ったんです。みーくん、平《ひら》べったい魚が珍しかったみたいで、あのあと『鯵《あじ》の開き』を見ても『かでぇ、かでぇ』って言ってました」

「そうだったのか……」

やはり、功一くんと明彦氏とでは、光彦くんと一緒にいる時間が違い過ぎるんです。

「僕には光彦の嗜好《しこう》なんて解らなくて、スーパーで買い物するだけで悩んでしまったよ。やはり君がいないとダメだな……」

功一くんは、はにかむように微笑んで言いました。

「今回だけです。俺も一人で旅行したって楽しくなかった。明彦さんやみーくんはどうしてるかな……って、そればっかり考えてしまって……」

「帰ろうか」

「はい♡」

三人の後ろ姿は、どこから見ても仲のいい家族でした。


今夜は久し振りの『夫婦の営《いとな》み』が待っています。夕食の後、お風呂を済ませて早めに光彦くんを寝かしつけました。

「功一くん……。二日も独り寝で淋しかったよ」

「俺だって。淋しかった……」

イチャイチャとよくやるもんですが、本人達は真剣なので、笑っちゃいけません。

「ベッドに行こうか、奥さん？」

「あなたのお望みのままに」

寄り添って出ていこうとした時。

「こーちくん、メッ！」

ガバッと起き上がった光彦くんが、ベビーベッドの柵《さく》にしがみついてわんわん泣き出しました。
涙でぐしゃぐしゃの顔をキッと上げ、口をへの字に歪《ゆが》ませて、功一くんを連れていこうとするイジワルなパパを睨《にら》み据《す》えます。

「何が『メッ！』だ！　パパの功一くんをパパがどうしようとパパの勝手だ！　お前に責められる謂《いわ》れはない！」

はっきり言って明彦氏、たった二日のご無沙汰《ぶさた》ですっかり溜《た》まっているようで。何がなんでも功一くんを連れていくつもりらしいです。

「明彦さん、怒らないで。みーくんだって淋しかったんですよ。あなたの部屋に一緒に連れて行って、三人で寝ましょう。もう一晩くらい我慢できますよね？　あなたは大人だもの」

『これ以上お預けなんかできるか……！』と言いたいところですけど。明彦氏にも見栄があります。功一くんに、優しくて寛大《かんだい》ないい旦那様だと思われたいんです。

「そうだね。光彦と三人で仲良く寝ようか」

心の中で、『この野郎、邪魔しやがって……！』と思っていても、さすがにおくびにも出しません。柔らかく微笑んで、功一くんをホッとさせます。

（明彦さんって、やっぱり素敵……♡）

功一くんは額《ひたい》に『おやすみのキス』を受けながら、ハンサムな旦那様にうっとり見惚《みほ》れています。

「あー！　あー！」

光彦くんもジタバタと騒ぎ立てて、功一くんのホッペにチュウッと『おやすみのキス』をします。

大沢家の王子様は今日もパパなんかに負けていません。

王子様の大好きなもの。それは、優しくて可愛い功一くんです。功一くんさえいてくれたら、いつも幸せ。とってもご機嫌なんです♡

あとがき

同人誌が文庫化されたのはこれが初めてです（宝くじにでも当たったような気分……）。今回矛盾点《むじゅんてん》を修正したり、エピソードを切ったり足《た》したりしまくったので、【お隣の旦那さん】とは別の意味で、修正液と貼《は》り込みで校正紙がガビガビになっちゃいました（苦笑）。

ところで、私が双生児《ふたご》姉妹《しまい》の妹だということは、すでにご存知《ぞんじ》の方もいらっしゃると思います。この作品にも双生児の兄弟が出てきますが、『翼《つばさ》が逆子《さかご》で、一人目が生まれたあと、三時間以上お産《さん》が続いた』と言うのは、何を隠そう私の実話でございます。お産の苦労話は、子供の頃から母に何度も繰り返し聞かされました。物心《ものごころ》つく前、母が家事労働している間、テーブルの足に繋《つな》がれていたのも実話です。時々角砂糖を盗み食いしては、叱《しか》られて竦《すく》みあがっていたものです。

私のおいたは可愛いものでしたが、双生児の姉はキョーレツで、母には『破壊魔《はかいま》』と呼ばれていました。コンセントの差込口《さしこみぐち》に造花《ぞうか》を挿《さ》して火花を散らし、人形があれば首をもぎ取り、その辺にあるものをバラバラに分解しては、『ママに怒られる～！　直して～！』と、私に泣きついてきたものです。大きくなったら暖簾《のれん》にぶら下がったり、海苔《のり》の空《あ》き瓶《びん》を踏み台にして物干《ものほ》し竿《ざお》にぶら下がったりして、怪我《けが》して危ないので、たまりかねて庭に鉄棒を設置してくれたほどです。

そんな私達が中学生だった頃、年の離れた長姉がハチ高原のスキー場で義兄《あに》と知り合い、遠く離れた兵庫県のスキー場の旅館にお嫁に行きました。

すぐに子供が生まれて、十五歳で叔母《おば》ですよ。そりゃないだろうと母も思ったのか、「甥《おい》っ子になんて呼ばれたい？」と聞かれたんです。

腐女子《ふじょし》の私は迷うことなく答えました。「おばちゃま」と。それで、生まれた時から母が「おばちゃまよ」と言い聞かせてくれたので、長男は成人した今でも「おばちゃま♡」と呼んでくれます。

長男の利孝が生まれてから三年後、今度は、母の苦労を目《ま》の当たりにすることになりました。なんと、長姉の次男（信太朗）と三男（祐太朗）も双生児だったんです！

実はうち、双生児の家系らしいんですよ。父方の祖父も双生児だったとかで、お葬式によく似たおじいさんが訪ねてきて、「あれは誰？」とざわめきが走ったことが……。

案外《あんがい》甥っ子も、長男のところに双生児が生まれるかもしれません。三代連続双生児が生まれたら、ちょっとすごいですよね。

甥は三人とも子供の頃から発育がよく、実年齢より大きく見えたので、若作りの叔母二人と公園に遊びに行くと、必ず「兄弟?」と聞かれたものです。

それが今じゃ、揃《そろ》いも揃って長身のイケメンに育ってくれて、わたしゃすっかり叔母バカと化しています。同人誌に掲載した写真でご存知の方もいらっしゃると思いますが、ホントに三人とも美形で可愛いんですよ。侍《はべ》らせるのが嬉しいくらい☆

この甥っ子達が、今年の秋から鴨鍋《かもなべ》の通販を始めました。お店の名前は【ハチ鴨屋】。ホームページ　http://www.hachikamo.com/　にアクセスすると、看板息子・鴨鍋三兄弟の写真がドドーンと大きく表示されます。ぜひ一度、アクセスしてみてください。

このサイトで通販している鴨鍋は、長姉の婚家である旅館【かつみや】でお出ししている自慢料理なのです。味噌ダシのお鍋で、ふわ～んと甘味のあるいい匂いがして、コクがあって、めちゃめちゃ美味《おい》しんいです！　残ったダシで鴨味噌ラーメンを作ると、これがまた、たまらない美味しさ！

もし鴨鍋お好きでしたら、ぜひ一度お試しください。絶対後悔しませんよ。

お問い合わせは、旅館【かつみや】通販部門【ハチ鴨屋】まで。

E-Mail／hachikamonabe@yahoo.co.jp

ハチ高原にスキーに行かれる方は、旅館【かつみや】にお泊りいただけば、【ハチ鴨屋】の美味しい鴨鍋を食べることもできます。

スキーが苦手という方は、甥っ子達に声をかけてみてください。宿泊とは別料金で、インストラクターもしてくれるそうです。三人とも、小・中学校時代、神戸新聞が提供している鉢伏《はちぶせ》雪祭りの大会で優勝・入賞しているので、腕は確かです（双生児が1・2フィニッシュを決めて、物珍しさで話題になって、神戸新聞に載ったこともあるんですよ☆）。

高校からは、みんなスノーボードをしているので、スノーボードも教えられるそうです。

【ハチ鴨屋】ともども、旅館【かつみや】をよろしくお願いいたします。

なお、長女は同人屋ではありません。妹がこういう小説を書いていることは、ご近所さんに内緒にしているそうですので、そこら辺はご配慮《はいりょ》いただけると大変嬉しいです。

桑原　伶依

セシル文庫をお買い上げいただき、ありがとうございます。
この本を読んでのご意見・ご感想・ファンレターをお待ちしております。

☆あて先☆
〒113-0033　東京都文京区本郷3-40-11
コスミック出版　セシル編集部
「桑原怜依先生」「すがはら竜先生」または「感想」係

セシル文庫

うちの旦那《だんな》さん

【著者】　桑原怜依《くわはられい》
【発行人】　杉原葉子
【発行】　株式会社コスミック出版
〒113-0033　東京都文京区本郷3-40-11
【お問い合わせ】　- 営業部 -
TEL 03(3814)7498　FAX 03(3814)1445
- 編集部 -
TEL 03(3814)7505　FAX 03(3814)7532
【ホームページ】　http://www.cosmicpub.jp
【振替口座】　00110-8-611382
【印刷／製本】　中央精版印刷株式会社

乱丁・落丁本は、小社へ直接お送り下さい。郵送料小社負担にてお取り替え致します。
定価はカバーに表示してあります。